青海国宝

承载
灿烂文明的
古遗址

周存云——著

青海人民出版社

图书在版编目（CIP）数据

青海国宝：承载灿烂文明的古遗址 / 周存云著. --
西宁：青海人民出版社，2023.4
ISBN 978-7-225-06442-0

Ⅰ.①青… Ⅱ.①周… Ⅲ.①散文集—中国—当代
Ⅳ.① I267

中国版本图书馆 CIP 数据核字（2022）第 247524 号

青海国宝

——承载灿烂文明的古遗址

周存云　著

出 版 人　樊原成
出版发行　青海人民出版社有限责任公司
西宁市五四西路 71 号　邮政编码：810023　电话：（0971）6143426（总编室）
发行热线　（0971）6143516 / 6137730
网　　址　http://www.qhrmcbs.com
印　　刷　深圳市国际彩印有限公司
经　　销　新华书店
开　　本　890 mm × 1240 mm　1/32
印　　张　6.25
字　　数　100 千
版　　次　2023 年 4 月第 1 版　2023 年 4 月第 1 次印刷
书　　号　ISBN 978-7-225-06442-0
定　　价　39.00 元

目录

马家窑文化半山类型旋涡纹内彩陶盆

柳湾

闪耀在湟水岸畔的文明曙光

有人说，陶，是时间的艺术，泥土太干则裂，太湿则塌。为了成就一件完美的陶器，匠人们需要等，等土干、等火旺、等陶凉，古人早就懂得如何与时间融合，一件精美的陶器也告诉我们如何把握时间，如何与时间相融。

壹

世界总是给我们意想不到的惊奇，1974 年秋，当时还是柳湾大队的社员们在平地造田、挖渠引水时发现一处墓地遗址。这一重大发现引起了文物考古部门的高度重视，当时的省文物管理处与中国社会科学院考古研究所甘肃考古队联合组成发掘队伍，进驻柳湾进行发掘。

柳湾遗址全景图

中国现代考古学产生以后，人们对新石器时代的了解，首先是从黄河流域开始，如河南、陕西一带的仰韶文化，甘肃的马家窑文化，山东的大汶口文化，以及衍生于陕西、河南、山东的龙山文化。而在黄河上游的支流湟水流域新石器时代文化的重大发现，使我们对青海有了一个全新的认识。在整个新石器时代，黄河上游及其支流湟水流域的文化遗址不仅丰富，而且已经可以完整地构成代代相续的系统。

展柜里的彩陶

马家窑文化半山类型旋涡锯齿纹彩陶罐

有人说过考古从来没让我们失望过，从 1974 年至 1981 年，在这片黄土坡上，共发掘墓葬遗址 1730 多座，出土文物近 4 万件，其中彩陶就有 2 万件。对此，我国有位著名的作家曾写道，在湟水流域，古老的彩陶流成了河。柳湾发现的绝大多数墓葬在柳湾村北部的第二台地上，墓地北高南低，东西两面台地环抱，平面呈圆角长方形，总面积 11.25 万平方米，大部分墓葬为竖穴土坑葬。这些墓葬包括了马家窑文化的半山类型、马厂类型、齐家文化、辛店文化，属新石器时代，距今 3600—4000 年，这四种文化类型延续长达 1000 多年之久。这也是迄今为止我国发现的持续时间最长、一个遗址中文化类型最多，保存状态最为完整、出土的陶器数量最多的最大的原始社会墓地遗址，这个发现石破天惊震惊了世界。

1974 年，我刚进入村小学上一年级，当时懵懂的我正从认识“人、口、手”开始成长的历程，并不知晓在离我十多公里的地方有了如此惊人的发现，如果没有这次重大发现，穷尽我们的智慧也无法想象湟水岸边 4000 年前的景象。柳湾墓群遗址，既是构成我国古代文明的重要标识，也是湟水流域历史发展的重要见证。出土的彩陶数量之多、造型之美和花纹之繁缛，给我们展示了古代先民智慧创造的结晶。而今天，我们正是透过这些文物蕴涵的丰富而深厚的信息，从这些遗址留下的痕迹，看到了人类文明不断延伸发展的过程。

据史料记载，人类社会发展到七八千年前，青海境内的原始群体已广泛散布在黄河两岸和湟水谷地。他们以一个氏族为一个群体，选择在河谷地带比较平坦的地面，掘成坑道，顶部利用树木搭成棚顶，他们已懂得使用不同的木材当梁、当柱，甚至懂得如何对称、均匀地摆置材料，再覆以丛草，然后覆压泥土，建成房屋。湟水谷地气候温暖，土地肥沃，水源充足，宜于农业生产。他们利用自己打制的石斧、石锛、石刀翻开湿润的黑土地、黄土地，将收集来的粟种撒播进去，然后等待它发芽、拔节、抽穗、成熟，接着用石刀、石镰收割，再把它们收集在一起搓碾，取出果实，储进窖穴，共同分享。他们到深山丛林里去采集野生植物的根、茎、果实和其他可食用物质，去捕食一些弱小动物。他们已经学会制造和使用弓箭、弹丸，

展柜里的彩陶

用坚硬而有韧性的木料做成弓，抽取兽筋做成弦，又在小棍上安上锋利的石锥、石片当作箭，向飞鸟和奔兽射去，击杀它们。也会用兽骨和木棍做成矛，他们把粗长的兽骨或木棍一端凿成槽形，然后在槽里加上锋利的石锥、石刀或骨锥、骨刀，遇到飞跑的弱小兽类，他们会在追逐中认准目标，像投枪一样向逃兽投去，将它们击杀。后来，他们开始将捕获后吃不完的猪、羊、牛、马等野生动物驯养起来，慢慢培育成驯服的畜牧牲畜，开始了固定的初期农业生产、畜牧业生产、手工业等活动。这时他们已有了明确的分工，有的从事农业，有的从事捕猎，有的从事畜牧业，有的从事手工制作，等等。

马家窑文化马厂类型蛙纹彩陶瓮

贰

柳湾墓地的墓葬一般都有随葬品，且多寡不一。早期的只有两三件，晚期的多达近百件，反映出原始社会末期已有贫富之分。其随葬品既有石制的斧、锛、凿、刀等生产工具，又有陶制的各种生活用具。根据考古专家对柳湾墓地的大量墓葬材料研究分析，从马家窑文化半山类型、马厂类型发展到齐家文化晚期已出现私有制、贫富分化的现象。半山类型的人们主要用梯形石斧来砍伐树木与翻土耕种，用长方形石收割农作物。生产工具中还保留有较原始的敲砸器等打制工具，说明当时的农业经济还处于较原始的阶段。

随着农业生产、畜牧业生产、手工业生产和其他经济生产水平的不断提高，男性在这一系列生产活动中的重要性日益超过女性。男性创造着财富，支撑和维护着氏族的一切利益，社会地位逐步得到提高。母系氏族社会制度开始过渡为以男性为中心的私有制社会制度，这时，农业生产发展为熟练的农作方式，有了固定的耕地，有了比较丰富的农业技术和经验，还有了许多新培育的农作物品种。

畜牧业生产已成为除农业以外最主要的经济生产和生活资源，其中以羊为主，羊和草地是他们赖以生存的根本条件之一。他们爱羊、崇拜羊，这从象形文字“羌”的初创含意中可以得到印证。他们的制陶技术和纺织技术有了进一步的发展，各种精美的彩陶制品广泛应用，成为人们生产生活中不可或缺的器具。与此同时，骨石器的制作也越来越先进，石器和骨器经过精心挑选原材料，打制成形后进行磨制，使之更加顺手、耐用和锋利，这就提高了他们的生产力，收获不断增加，农业已成为主要生产经营项目。

新石器时代为人类带来的最大利益成果就是掌握了植物的生长规律，认识到植物的生命起源于种子，经过实践终于把野生植物栽培成功，从依赖渔猎和采集的自然经济转变为农业生产的自主经济，使人类生活产生了一次巨大的变化——人类终于摆脱野兽一般的原始生活方式，开始定居，为以后人类文明的产生奠定了重要基础。柳湾先民种植的粮食作物有粟和黍，但粟和黍的栽培最早是否发生在湟水流域还有待考证。

随着生产的发展，各种原始手工业也随之发展起来，突出表现在原始纺织业和制陶业上。纺织是人类文明史上另一个重要的发明创造，人们最早用于纺织的纤维是葛和麻。葛是分布较广的多年生草质藤本植物，葛藤含有大量的长纤维。在长期的劳动实践中，人们掌握了制造葛和麻纤维的技巧，用石纺锤搓成线和绳，再编织成各种织物和渔网。他们用手工将羊毛、麻等捻成细线，制成褐布印染，然后缝制成胸围、腰围等。

展柜里的彩陶

半山类型的人们相当重视纺织业，在柳湾半山类型墓葬中发现有一百多件石制陶纺轮，说明纺轮的使用较为普遍。尤其是陶制纺轮大小相若，制造精致，有的纺轮正反面甚至侧面均采用刻画或锥刺技法刻出各类不同的几何纹样，常见的有圆圈纹、十字纹、五星纹等。当纺轮捻线转动时，纺轮上面的图案会同时产生变化，这种变化会给人造成强烈的视觉冲击和一种旋动的美感，这种巧妙的艺术创意，真实地再现了原始艺术的无限魅力。齐家文化的生产力水平比马厂类型有了更大的发展。在农业生产工具方面，制造精致、有棱有角的工具占有较大的比例，并较多地使用质地坚硬的玉石料制造的工具。用质料较好的玉石制造生产工具，可以说是柳湾齐家文化的一个突出特点，也是当时农业生产水平和制石工艺水平比马厂类型更先进的一个重要标志。随着生产力的发展，农业与手工业逐渐开始分工。男女之间已有较明显的分工。在已鉴定的不同性别的墓葬中，随葬品有明显区别。据 29 座墓葬统计，在 11 座女性墓中，除 2 座不出小件器物外，其余都是随葬石、陶纺轮、串珠、绿松石饰等饰品，而不见石斧、锛、凿、刀等生产工具。相反，在 18 座男性墓中，除 2 座例外，皆随葬石斧、锛、凿、刀等生产工具，而不见串珠和纺轮等工具。就是男女合葬墓也不例外，石斧、石锛等生产工具放在男性一侧，陶纺轮等纺织工具则放在女性一边。这说明当时已经有了男女之间明确的分工。

齐家文化墓葬在形制、随葬品等方面都反映出明显的贫富之别。富者墓葬规模大，有讲究的木棺和大量的随葬品；贫者则墓葬规模小，无葬具，随葬品十分简陋，有的一无所有。这些鲜明的对比说明了当时贫富观念已经产生，柳湾的齐家文化时期社会发展阶段正处于氏族社会发生重大变革的历史时代。

齐家文化玉纺轮

叁

柳湾出土的陶罐彩绘花纹形式多样，比较常见的有平行纹、波折纹、漩涡纹、葫芦形纹、四圆圈纹等。一些彩陶符号也别具一格。陶器是先民们的日常用具，但当它把具有实用功能的器形和精美的艺术创作融为一体时，陶器本身就成了艺术品。随着时间的推移，他们的手工艺越来越娴熟，越来越精细，他们大量地制作陶器，制陶业是他们手工技艺中最值得炫耀的一项。他们首先选用比较纯净的黄土、红黏土，将大块的沙石拣去，然后在水中淘洗，花费大量时间和工序，将泥团揉搓得柔软、均匀，具有较好的可塑性，使之烘烤和晒干后不易爆裂。接着将泥块搓成条块状，然后按照想象和设计的形状，从底盘开始一圈一圈地盘垒、堆砌，做成所需器形粗胚，然后放置在阳光下或干燥处，使之蒸发水分、定型，再用手将里外表面压平，使衔接处合缝，再蘸水将表面磋磨，修复平滑。有的粗胚制成晒干后，为了美观，进一步加工装饰，在上面涂上一层细泥浆，叫陶衣，然后用拧成的绳子在粗胚上缠绕拍打，印出绳纹。有的又在陶器口沿和肩部附加泥条，用手捏成锯齿状以为修饰。待粗胚晒干后，在陶器上绘制各种各样的花纹，有的是圆点纹，有的是弧边三角纹，有的是圆圈纹，有的是方格纹，有的是连弧纹，有的是锯齿纹，有的是花瓣纹，有的是平行条纹。他们构思精巧，笔法娴熟，具有较高的审美观念，把自己追求的美好向往完全表现在彩陶的绘画上。

马家窑文化半山类型四圈带网格纹彩陶壶

先民们根据不同的用途制作出各种样式的陶器，有的是专门盛食物的敛口食钵，有的是专门盛放生食的齿形卷沿鼓腹罐，有的是储存谷物的大瓮，有的是储存水的大罐，有的是从河中汲水的瓶。他们制作出这许多陶器坯，将它们装进火窑中烧制，使之成为坚硬的陶器。有些陶器的功能，我们今天仍需要研究，但可以肯定的是，有些形状的陶，实用性与创造性已经达到非常美妙的融合。

马家窑文化马厂类型四大圆圈纹彩陶壶

这个时期的陶器制作已达到相当高的水平，他们不但在陶器表面加上细泥使之平整，而且还善于加上光滑的原料使表面产生光泽。绘画艺术更臻于完善，不但在陶器外表绘制各种图案，还在许多敞口陶器的内壁描绘上鲜丽的花纹。彩绘的图案形式多样，不但绘有许多花卉植物图案和青蛙、飞鸟之类的图形，还绘有许多人的面部形象，甚至群体活动情景，形象惟妙惟肖，组合排列准确恰当、对称，线条优美。更令人惊奇的是，他们对人物形象的刻画，不但比例准确、形态生动，而且对人物各种动作的重心把握得恰到好处，达到了现代人的技艺。陶器的种类也越来越多，除了传统的罐、盆、瓮、钵、缸等以外，又发觉了壶、瓶等，而且，样式也有很大翻新，罐有双耳罐、细颈鼓腹双耳罐，盆有平底盆、鼓腹盆等，钵有内彩钵、侈口内彩钵等，壶有双耳带嘴彩壶、人像彩塑鼓腹平底带嘴彩壶等，瓶有长颈鼓腹瓶等，真是目不暇接，各有用途。用泥土制成器具，这是一次大胆的尝试。从火堆烧过后的硬土块得到灵感，在水与土中调和成一个构想的形状，再经过火的加温到完整烧制出第一个陶器，先民们定是经过了无数次的尝试和修正。先民们用神奇的灵感创造了生活的器具，并延续发展，不断丰富，直到今天。

肆

人类有可以感知周围环境的生理器官：听觉使人们听到自然界的风声、雨声、流水声和雷鸣；视觉使他们看到碧水、蓝天、高山和峡谷；味觉使人们品尝出甜、咸、苦、辣等。日积月累，人们认识了自然界诸多方面的事物。伴随着旧石器时代石器的敲击声，人类的大脑逐渐具有了储存信息的功能，产生了记忆，人类智力有了很大提高。无数记忆之间的联系和各种事物概念的形成正是推动人类思维产生的基础。因此只有当人类大脑同时具有记忆和思维的时候，才有陶画产生的可能性。

陶画艺术来源于人类的生活，来源于人类的实践活动。陶画所反映的题材和内容充分证实了这一点。

斗转星移，生活的器具从记录人们对自然环境观察的结果，到承载人们日益丰富的想象，有了艺术的追求。从陶器形状的不断变化，彩绘的艺术也在演变中不断提升，这些出现于几千年前的符号、线条、图案，放在今天，也具有非常现代的表达。

艺术的创造来源于生活，来源于先民对自然环境认识的不断深入。原始人类往往选择靠近水源的地方居住，朝夕相处，使人们有机会细致观察水的各种变化。柳湾彩陶有许多描绘水的纹饰，湟水不同时期的状态体现在陶上的波纹展示出他们观察理解的过程，以黑色的波浪纹表现出水的流动，利用弧线的起伏旋转表现水流奔腾向前，将黑色的曲线汇聚到一起和中间的圆点构成漩涡纹。在陶画中出现的波浪纹、涡纹、漩纹、浪涛纹、涟漪纹等，描绘得生动逼真，立体感特别强烈，有的已经达到三维画的效果。彩陶塑造的各种鸟类及画在陶器上的鸟反映了先民们的崇拜，猫头鹰是古代工艺品经常采用的原型，柳湾彩陶中能见到精美的鸮形，鸮应该就是他们主要的崇拜对象之一。原始陶画在完成它的艺术使命的同时，也记录了与之同呼吸、共命运的新石器时代的信息。考古学家在破译这些信息密码的研究工作中，找到了中华五千年文明的源头。

伍

人类生存的自然环境本身就具有美的本质和天然的魅力，连绵起伏的崇山峻岭、巍然耸立的茂密森林、浩瀚汹涌的大河波涛、展开怒放的绚丽花朵、挂满枝头的累累果实等，众多美好的客观事物潜移默化，熏陶了人们的精神世界，构筑了人们的审美意识。

爱美是天性，出土的大量穿孔的兽牙、鱼骨、海贝壳、小石珠等，都是人们的装饰用品，其中小石珠制作精细，并且被染成红色。原始人类把它们串联起来，制作成美丽的项链用于佩戴。这表明原始人类已经有了一定的审美观念，并有了对美的追求。

陶是人类在长期的生产生活中，发生的第一次从无到有的创造。在对泥土不同环境中的认识比较和在日常生活的一次突然发现中，在双手的摆弄下，土壤、水、火交织在一起，发生物理和化学反应，实现质的转换。从泥土的烧制开始，人类认识到自身创造万物的非凡能力。在满足了基本的日常生活需求后，人们开始了更多的对美的追求，这是一种高级的精神需求，随着人类审美水平的不断提升，开始激发出更多的想象，他们用随处可见的泥土，按照自己的想象，烧制出许多创意的陶器，在这些陶器的外表、口沿、内壁画出系列彩绘。器物由最早的生活用具，变成神态各异的艺术观赏品。

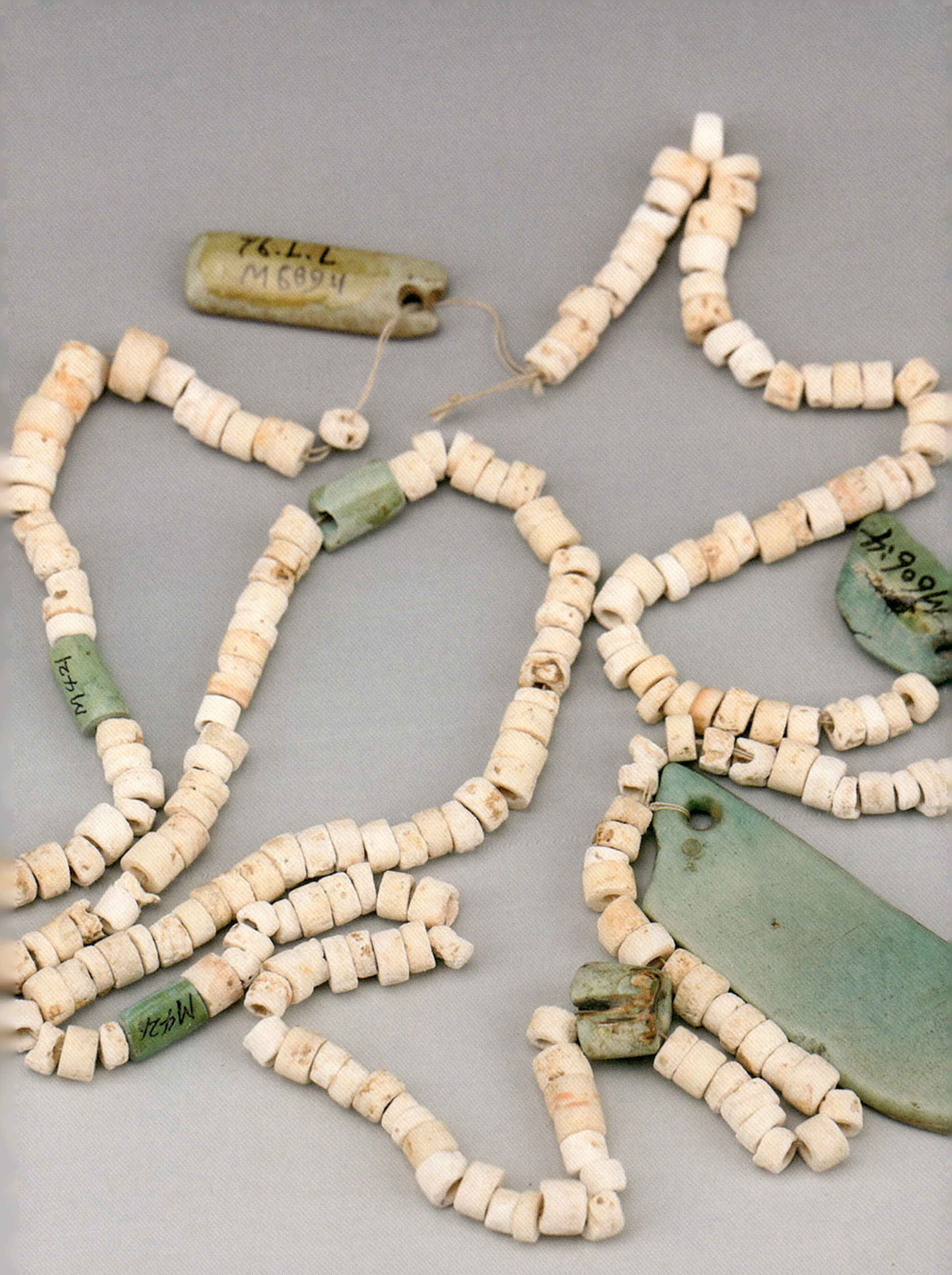

半山类型绿松石串珠

绘画艺术的形成与人类智力的进步有直接的关系。

色彩是陶画创作中最能体现锦上添花效果的一个重要角色，它使彩陶更加绚烂多彩，耀眼夺目。人们还常常用色彩表达感情。原始人类很早就发现了赤铁矿粉，并用于染色。这说明原始人类已经有了色彩概念，但初期的彩陶，其纹饰大多是宽带纹，因而不能称为陶画，只是为了给陶器添加色彩，增加美感。马克思曾在论艺术时讲道：“色彩的感觉是美感的最普及形式。”红色是陶画运用最早和最多的色彩，有学者认为它与血液同色，使人们联想到生命，原始人类葬人时常撒红色的赤铁矿粉，很可能就是祈祷已故的人重新转生。彩陶也常用于随葬品、祭祀品，显而易见，红色在人们心目当中具有神圣的重要地位，是代表吉祥意义的色彩。另一方面，就红色本身而讲，作为暖色能给人温暖的感觉。彩陶是在制陶技术不断提高和发展的基础上产生的，彩陶的烧制需要比烧制素陶更高的窑温，才能保证颜料与陶胎的结合，而不会脱落。在长期的制陶过程中，陶工掌握了较先进的窑密封技术，可使窑温保持较高的温度，为彩陶的烧制解决了一大难题。

点、线、面在形式艺术法则的规范下，形成具有独特节奏和韵律之美的画面。

点在陶画中的应用非常广泛，常用于表现与其形式相近的事物。在激烈旋转的漩涡画面中饰飞溅的水珠，在豆荚中饰颗颗种子。

线条是抽象艺术语言最基本的词汇，众多种类的线条组合就能描绘出有声有色的绘画艺术语言。线条语言可形象表达静与动，许多彩陶图案中的漩纹以直线环绕器壁一周给人一种静的感觉，当其与浪花连接时就形成向前推进的气势，使画面充满动感。

新石器时代，社会生产力水平具有很大提高，特别是农业生产方面取得的成就使人类生活发生了翻天覆地的变化，人们不再依赖于自然经济的生产方式——渔猎和采集，而是科学地掌握了植物的栽培技术，走上以农业为主的生产方式之路。随着物质生活趋于富裕，人们的思想观念也随之发生改变。在这种历史背景之下，此时期人们具有强烈的表达思想的欲望，产生出许多辉煌的艺术作品。彩陶正是这一时期艺术的代表作，自从考古发掘发现彩陶以来，彩陶艺术倍受人的青睐，一幅幅生动的画面提供了大量研究原始社会风貌的实物资料。人们从中获得了许多重要的信息。其中一些作品透露出浓郁的生活气息，一些则隐藏着神秘的社会思想意识，使人百思不解。像圆点和弧边三角纹等就使人扑朔迷离不好理解是何类事物。艺术家的灵感是从生活、劳动实践中产生，在丰富实践经验的基础上提炼出来的，因此艺术作品本身必然凝聚着时代的特征。只有一种强烈的民族意识的信仰和崇拜，才能使其如此源远流长。

马家窑类型的彩陶熟练地使用了多种线条，以连续的直线绘出了平如镜面的湖水，以此起彼伏的弧线画出了波涛汹涌的大河；以圆轮状的斜弧线排列成漩涡纹等，在这些画面中，原始先民较好地使用了线条语言，描绘了他们所认识的自然事物。彩陶上线条从直线、斜线、曲线、弧线到圆线，说明了其发展形成的阶段性，即从简单到复杂这一事物发展的过程。

随着新石器时代遗址的不断发掘，具有圆点、弧边三角纹的彩陶透露出圣洁和神秘色彩，她像一条生命的纽带维系着各文化遗址相互之间的联系，形成一种文化势力向各区域渗透。在我省海东市民和县杏儿乡、核桃庄乡，大通县上孙家寨，乐都区脑庄等都有发现。

古代先民们在这些不同类型的造型艺术品中创造了反映现实生活真实而平易的自我，这些出土的文物像一把金钥匙，引领我们打开史前社会奥秘之门。

陆

原始彩画是人类思想、情感和精神表现的物化艺术形态，这些跨越了千年时空的实物载有大量原始社会末期诸多方面的珍贵信息。其中一些彩陶画面真实地反映了原始生殖文化现象，清晰地描绘了人类探讨生殖奥秘的思维轨迹。

也许是面对死亡引发了对生命的思考，人类开始了对自身的凝望。1975 年，柳湾村民引水灌田时被水冲出的一件彩塑裸体人像彩陶壶，成为柳湾墓地乃至彩陶文化的重要发现之一，曾引起国内外学术界的关注和重视。该彩陶壶造型口小颈短，腹部圆鼓，底小而平。中腰附有对称的环形耳，从口至腹施有一层红色陶衣，绘有黑色的圆圈纹和蛙纹。全器呈长圆形，通高 34 厘米，造型稳重，色彩斑斓。该裸体人像彩陶壶，细泥陶质，裸人塑造憨态可掬，高鼻梁，巨口硕耳，躯体短，手大腿粗，脸部有弯弯的两道细眉，眯成窄缝的一对小眼睛，好像又显露出一点儿俊秀之气，憨呆与俊秀共处一体，显得滑稽风趣。裸人形的塑造在整体布局上有意突出性器部位和副性特征，初看不知是男是女，再看，当属男性，又看，又似为女性；仔细观察，不但性器兼有两性特征，乳房也有大小两对，可是这不男不女、又男又女的裸人形彩陶，它的含义究竟是什么，令人费解。一个奇异的陶器，究竟向我们传递了怎样的信息！

彩塑裸体人像彩陶壶

这件彩塑裸体人像彩陶壶的资料自 1976 年先后在《文物》《考古》等国家学术刊物上发表后，因为它的神秘性，一时成为奇闻，引起了国内整个考古界的极大兴趣，并对裸体人像彩陶的性别问题展开了热烈的讨论。有趣的是，对此裸体人像性别，考古专家们的意见很不一致，有的说是女性，女性意味着马厂时期的人们仍处于母系氏族公社时期；有的说是男性，据此认为该时期已跨入了父系氏族公社的门槛；有的说是男女复合体。还有一种意见认为，这件裸体人像彩陶壶可称为“两同体或两性崇拜”，是原始宗教的重要内容之一。近年来有的考古学者认为，裸体人像表现的是合男女为一身的阴阳人，人像背后绘有一只简化的大蛙，从壶后颈所饰的交叉线条表示人的头发看，壶后腹所绘的大蛙表示的应是人的后背。人像正面是阴阳人，人像背面是蛙，人蛙相融，合为一体。阴阳人彩陶壶是地处西北地区马家窑文化居民信仰萨满教的产物，萨满教认为人是天和地的中介。因为阴阳人把女性成分（地）和男性成分（天）集于一身，天生具备沟通天地人神的能力。

面对众多的说法，我更认同“两性崇拜”的意见，因为柳湾出土的许多彩陶上都有蛙纹的出现，而且彩陶上的蛙纹经历了从具体的纹饰表现到抽象的线条展示的演变过程。古人观察到青蛙每次都会产下许多卵，孵化出许多蝌蚪，便将青蛙和人首结合绘在陶罐上，柳湾的许多陶罐上都有用黑彩和红彩描绘的人首蛙身的神人纹饰，有时会将人首抽象为有网纹的圆圈纹，或者干脆省去，只剩下变形蛙纹一般的身体。而柳湾彩陶上蛙纹的大量出现是青蛙强盛的繁殖引发的生殖崇拜。先民们以细致的观察和惊人的想象力，将日常生活中的所见、所想绘画在陶器上为我们展示出他们的思想、情感。

从渔猎到种植，生产方式发生了重大变化，农业种植技术的进步使人类生活的质量大大提高，促进了人类大脑思维的快速发展，人类对自然界的认识不断提高，人类具有了更高水平的分析问题和解决问题的能力。这一时期，新的农田开垦需要大量的劳动力，考古发掘证明，原始人类的平均寿命极短，儿童的死亡率很高，所以对人类生殖探讨和研究显得更加重要。当他们终于认识到用图腾生殖方法并没有促进生育时，他们不再盲目地崇拜这些生殖方法，而是采取类似观察植物生殖的方法，把目标直接集中在女性生殖器官，研究孕育婴儿的处所——子宫，而产生了新的生殖崇拜形式——女性生殖器官崇拜。

由于当时科学知识有限，人们不可能真正解决生殖的实质问题，但是至少他们把研究目标具体化，直接观察孕育婴儿的处所——子宫体。有学者提出，子宫体就是创作弧边三角纹的原始素材。人们对子宫体产生更加神秘的感觉，认为其是人类生命的发源地。子宫体成为人们继图腾生殖崇拜之后的又一新的生殖崇拜偶像，这种思想认识反映到文化艺术中，使文化艺术具有鲜明的时代特征。

图腾生殖文化与女性生殖器官崇拜并没有真正解决生殖现象的根本原因，人们在失败中不断总结经验教训，在长期的实践生活中对生殖现象的观察和认识不断加深。

伏羲和女娲的传说更是流传甚广，我们至今在汉代画像砖上还可看到他们蛇尾互相缠绕的形象。这些图像实际上都是在强调男女结合在生殖中的重要性。传说与人们的思想观念是同步的，思想认识又必然是社会状态的折射。因此传说也是我们了解远古社会的最珍贵的资料。裸体人像彩陶壶集两性特征为一体，说明了人类对生殖现象从主观认识逐步过渡到客观认识，并使这一自然规律为人类所掌握。在这件珍贵的艺术品中，我们看到了古代先民图腾崇拜的痕迹，也找到了原始先民对生殖问题研究的一个过程。

人类对自身的繁衍曾作过艰辛的探讨和研究，从而形成了一种独特的生殖文化现象，原始人类对生殖现象的认识同样需要一个过程。

世界各大古老文明都有人像艺术的出现，也许这就是原始先民对生命的思考。

柒

1989 年 9 月，柳湾一社村民赵菊花在自家承包地的旱台上挖出一件辛店文化彩陶靴，后捐献给青海省文物考古研究所。这件彩陶靴，通高 11.6 厘米，壁厚 0.3 厘米。靴为夹砂陶质，表层施紫红色陶衣，并绘黑彩，器物形象逼真，纹饰简练流畅，保存极为完整。彩陶靴的口部呈圆形，直径为 6.6 厘米，口微侈。从整个造型来看，分为靴鞠、靴面、靴帮和靴底等部分，靴鞠与靴帮、靴面之间用两条曲线的条纹相隔，靴面靴帮与靴底则有明显的衔接痕迹。这件彩

陶靴虽然是一种容器，但它的造型应是当时古代先民所穿靴的直接反映，据此可见当时的制靴工艺。从彩陶靴可以看出，整双靴由靴靿、靴面和靴底三大部件组成。其工艺步骤应该是，先剪下靴面的皮革，然后对折，在后部拼接缝合，再与对接缝合的靴靿拼接缝合，最后再倘在靴底上面。这只靴子的历史性成就在于它已完全脱离了用整块兽皮裹在脚上的原始靴状态。借用当代制靴业的行话来说，已经达到了“帮底分件”的结构要求，是制靴史上了不起的成就之一。柳湾出土的这种彩陶靴充分证明，这种短靿的皮靴不仅在北方草原地带匈奴北狄系统的民族中出现，而且在河湟地区的古代先民中也早已使用了。那么，彩陶靴是由哪个民族制作的呢？这也是大家所关注的问题。先秦两汉时期的甘青及其相邻地区，是一个多民族聚居的地带。古代史籍称其为“西戎”或“羌”。在我国古代文献中，羌人这个名称出现最早，如《尚书 · 牧誓》就说在武王伐纣时，有八个部落联盟，会于牧野。《诗经 · 商颂 · 殷武》也说在商王武丁之时，曾讨伐诸羌，“自彼氐羌，莫敢不来享，莫敢不来王”。安阳出土的甲骨文从第一期起，即武丁时期起，就经常提到俘虏羌人，用来供祭。而古代所说的“湟中”一带，在战国至汉代就是强韧的中心地区。

柳湾出土的这件彩陶靴在我国尚属首次发现，它虽然是一件陶器，但是它的造型结构却在告诉我们一个久远的伟大创举所经历的漫长岁月，使我们明确地感受到，它记录着人类智力发展的轨迹，凝聚着古代先民的勤劳和智慧，碰撞出远古时代的科技火花。

我国古代民族的鞋靴，作为文化和服饰的一部分，同样也记录了各时代、各地区、各民族的社会风貌。从这件彩陶靴中我们可领略到新石器时代人的伟大创造和精神文化，触摸到这个时代激烈跳动的脉搏。彩陶靴就是一种无声的语言，它在我们仔细端详、深入思考和更为丰富的想象中还原着原始社会的一幕幕真实情景。

捌

原始彩陶纹饰艺术的发展时期正处于文字形成的早期阶段，人们仅利用图画纹饰来表达思想感情和对自然界事物的理解和认识，所以每一个纹饰都具有纯朴的真实性和一定的象征性。

中国汉字具有很强的艺术魅力，有许多书法作品，字中有画，字中有景，究其原因，其原本始于图画。这一历史踵迹，遗留于商代的甲骨文之中。甲骨文已经是一种较为系统的文字，观其字形，许多属象形字，源于对客观事物的形体描述。许慎在《说文解字》中也曾谈道："象形者，画成其物，随体诘诎，日月是也。"这句话直接说明象形文字就是以画物外形产生的。根据事物发展规律可推测，甲骨文形成前相当长的一段时间，为文字的初创时期，人们必然要经过一段对外界事物认识和描述的过程，来完成许多客观事物原本形体的创作作品。经过考古发掘，人们发现了许多具有纹饰的彩陶。这些丰富多彩的纹饰，有许多来自对自然界事物的模拟，并且这一彩陶纹饰的形成阶段正是甲骨文形成的前期阶段。因此，文字的形成与彩陶纹饰有着不可分割的必然联系。彩陶纹饰的创作为文字的诞生积累了最基本的要素，奠定了深厚牢固的基础，是文字产生的源流。

原始人类经过漫长的旧石器时代，对生存的自然环境有了一定的认识。进入新石器时代之后，他们发挥主观能动性，在生存的实践中，重新建立了新的经济生产方式。他们在长期的生存实践中，创造物质财富的同时，也丰富了精神生活，形成了一定的思想观念和意识，反过来，这些思想和意识都直接影响原始文化的创造。彩陶正是这一时期进步思想文化的代表，不仅器物造型优美实用，而且器身描绘了各种繁缛精美、绚丽多姿的生动画面，这些彩陶画面纹饰真实记录了古人的思想火花和智慧。在文字的创始阶段，文字的基础扎根于彩陶纹饰的大量创作之上。彩陶纹饰同文字具有一定的差异，也存在某些共性。其差异就是用两种不同的方式来表达周围的客观事物，二者的共性则是他们都利用线条来完成他们思想的表达。彩陶纹饰是以线条绘出复杂图案的形式，文字则使用线条形成简练笔画。两种形式在发展的顺序上，则是复杂图案在前，简练笔画在后，他们之间应是传承关系。彩陶纹饰是描述的客观事物反映在大脑首先出现的真实现象，而文字反映的则是客观事物在大脑经过抽象概括而简化的形象。在柳湾出土的众多彩陶上发现了大量的符号，这些符号大都出现在彩陶的下腹，共有 300 多种。它们与彩陶纹饰的作用截然不同，彩陶纹饰的设计遵循美的法则，画面丰富多彩、靓丽美观。符号的出现则是为了实际用途。最明显的特点就是这些符号在每一件陶器上仅刻画一个，毫无修饰之意，已经完全脱离了原始绘画艺术的范畴。一些符号在外形上与甲骨文相差无几。可以说，从彩陶纹饰到彩陶符号，已为文字打下了坚实的基础，从符号到文字是符号逐步积累向文字过渡的重要过程。彩陶纹饰在文字起源的过程中，作出了重要的贡献。其繁荣发展的同时，人类的形象思维和抽象思维能力获得很大的提高，从而开启了另一扇文明之窗。

玖

这些被泥土深藏多年的陶罐，一旦被放置到精美的展橱中，就成了仿佛经历了千年雨露阳光滋润的甘美果实，自时光的幽深里，散发出浓郁的馨香，让每一个沉浸其中的游客，心醉神迷。而湟水河也因这些陶罐有了更重要的意义，河流孕育着文明，在更早的时间，湟水就这样在青藏高原的东北缘泛着梦幻的光彩流淌着。

人是有思想和感情的，其面部的表情可以表现出人丰富的内心世界。在长达千年的时间里，一件件陶画作品在炙热的火焰中诞生。原始人类以形象的线条语言描述了他们的思想意识，用敏锐透视的眼光捕捉到自然界美丽的风光和瞬间变化，使我们今天在观赏的过程中，心灵仍然为之震撼。

一代代先民们，他们内心的喜悦和伤悲，梦想与幻灭，通过线条和符号组成的各种各样的陶画，流淌成一条情感的河流。

陶画艺术为人类打开了通往崭新世界的大门，向我们打开了先民们日常生活的写照和思想情感的记录。而今天，我们也正是通过对陶画的观赏揣摩探寻着古人日常生活的种种细节，不断感受着先民们蕴藏在陶画艺术上的心灵世界。他们久已远逝的日子，也因此被唤醒，引起我们无穷的遐想。

鸟类彩陶（鸮面彩陶）

每一个漩涡，每一簇浪花，甚至每一滴水珠，都有着心绪的投射，情感的倾注。简约精练的线条里，有着我们至今仍无法完全理解的广阔和深刻。

陶画艺术，可以将古时如许贴近当下，使我们一天天领悟到人类文明从一星火花逐步散发出璀璨光芒，使我们眼之所及、心之所感，看清人类探寻之路。

原始人类各氏族部落生活的地域自然环境的不同，决定了他们的经济生产方式和生活方式不同，因此他们遗留下来的生产工具、生活用品和创造的文化艺术等遗存也都存在差异，分布在各区域的彩陶各具地方特色。

彩陶上的一些陶画不仅仅是单纯的艺术创作，它是氏族共同体在物质文化上的一种表现，常常用来作为氏族图腾或其他崇拜的标志。

今天，生活的每一种状态，人们情感的每一次波动，大自然的每一幅表情，都可以从这些千姿百态的陶罐和它们所承载的线条符号中找到最初的回声。当我们注视着这些彩陶，仿佛感受到了留在这些精美绘画上的先民的呼吸，这是文明的曙光，让几千年后的我们仍然为之动容。

柳湾出土如此众多的彩陶，但它的陶窑至今仍未发现，它制作的方式工序都无法考证，后来在与柳湾相邻几十公里外的喇家遗址发现的小型陶窑给了我们研究与想象的空间。窑炉的温度与烧制时间的把握，决定着陶器最终的命运。有人说，陶，是时间的艺术，泥土太干则裂，太湿则塌。为了成就一件完美的陶器，匠人们需要等，等土干、等火旺、等陶凉，古人早就懂得如何与时间融合，一件精美的陶器也告诉我们如何把握时间，如何与时间相融。

制陶的过程，要有足够的耐心和定力，给自己足够的时间，给事物的发生和发展足够的时间，仿佛播了种，浇了水，施了肥，给种子一些时间，给空气、阳光和四季一些时间，给萌发的过程一些时间，你就会看到明黄嫩绿的芽儿。

出色的匠人制作出一个个形状各异的陶，并在上面勾画出各种精美画面，这将需要什么样的想象力，大千世界的复杂性，美的不同风格和范式仿佛吹拂进了生命的气息，活灵活现，照亮了人类混沌之处黯淡的岁月。

原始彩陶艺术以陶器作为载体，跨越数千年时空隧道，传递了原始社会末期人类经济生活、生产方式、思想情感、宗教和文化艺术等方面可靠的信息。

湟水两岸皆有彩陶发现，柳湾村河对面的许多田地、山坡不时有彩陶的出现，由此，也可以推测先民的聚落遗址就在湟水河谷两岸的台地上。选在岸边地势较高的台地上，其目的主要是为了取水方便和预防洪水，或以防其他部族入侵。

目睹着来自河湟谷地的众多彩陶，吮吸着四千年前的河湟文化韵味，脑海中不断浮现出柳湾先民的生活画面，当我站在柳湾台地更高的山脊上，俯视这个湟水东流、两岸生机盎然的河谷，那些遥远岁月中面容模糊的先民，在四千年前的原始村落，春种秋收，狩猎放牧，生儿育女，一个部落从生到死厮守相依，远古的村落充满了比今天的乡村更多的安宁与温情。望着阳光下闪闪发亮的河水，望着河水浇灌的田野长满的希望，我想，倘若没有湟水，柳湾也将不会成为先民安身立命的选择，正因为湟水的存在，柳湾，湟水谷地的一个小小村落，成为了中国文化版图上，黄河上游区域最显赫的文明标志之一。

这个古墓葬遗址因为世人的注目而使乐都柳湾声名远播。

乐都柳湾墓地出土马家窑文化马厂类型蛙纹彩陶瓮

柳湾、喇家、宗日这些史前遗址起讫年代久远，分布地域广阔，气魄宏大，它们直接展现了黄河上游文化的起源、形成和发展，是中华五千年灿烂文明的重要组成，它们的价值和作用是其他古遗迹无法替代的。

站在新时代，我们注视古老的史前文化散发出的熠熠光芒，仿佛自己肩上又增加了一份沉重的责任，因为，我们肩负的历史使命就是传承文明，弘扬文化。岁月荏苒，但在历史的长河里，柳湾文化闪耀着圣洁的光芒，而且大地深处还会有一个又一个深藏的秘密，等待着我们的发现。

青海地处青藏高原和黄土高原的接合部，独特的地理位置使它成为多民族共同生活、多文化碰撞交融的一个中心。东部的汉文化、西部的藏文化以及通过丝绸之路传播开来的伊斯兰文化在这里汇聚，碰撞交融，形成了青海文化“多元而和谐”的特点。

而彩陶这一神奇的远古艺术品完全可以作为一种文化符号成为青海文化的象征。

F3 Ⅰ、Ⅱ号人骨

喇家遗址
被灾变掩埋的城邦古国

在灾难面前，我们看到了生命的脆弱。而在灾难来临的瞬间，那定格的人性光辉和爱的伟大，使我们的内心一阵颤动，像是留在我们精神上的一个刻痕，让人铭记。

喇家遗址远景（南—北）

壹

喇家遗址坐落于青海省海东市民和县黄河北岸的官亭盆地，20 世纪 70 年代初，随着农田基本建设的蓬勃开展，兴修水利、平整土地工程大力推进，在大规模的动土过程中，出土了大量齐家文化玉器。当地村民还经常从农田里挖出死人的尸骨，这些尸骨不像是在墓穴中，而是随意裹挟在泥土之中。通常情况下，考古发现的尸骸和生活用具，应出土于墓葬、房址、杀祭坑或其他特定环境，而喇家遗址出土的这种大规模散乱状态的遗物令专家们大为不解，这一特殊现象引起了考古专家的注意，为了解开这个秘密，专家们决定在喇家村展开挖掘。随着考古发掘的深入，黄河上游孕育的辉煌灿烂的文明逐渐成为世人关注的焦点，众人将目光聚焦在这里，注视着考古学家手铲下的每一个发现，探寻着这个消失于 4000 年前的神秘聚落。

喇家遗址考古发掘前后持续 30 多年，发现了大量有可能是意外死亡的人骨遗骸，由此被初步认定为史前灾难的遗迹，这一发现自然而然地将史前考古与环境灾变事件联系起来，开启了环境考古新的切入点。

仰韶文化是发源于我国黄河中上游新石器时代的一种文化，在今天的青海省到河南省之间均有分布。马家窑文化由 1923 年首先发现于甘肃省临洮县马家窑村而得名，因与黄河中游地区的仰韶文化有一定的承袭关系和内在联系，也被称为“甘肃仰韶文化”，主要分布于甘肃中部、青海东北部、宁夏南部、四川北部的广大区域。齐家文化是 1924 年在甘肃省广河县的齐家坪遗址最先发现的，从而定名，是中国西部黄河上游地区的史前文化，分布于甘肃大部、青海东部、宁夏西南部，距今 4300—3800 年。

目前被发现的民和县官亭盆地黄河两岸的史前文化遗址包括新石器时代晚期的仰韶文化、马家窑文化和青铜时代的齐家文化、辛店文化、卡约文化，这是研究中国西北地区史前文化发展的重要遗址。喇家遗址坐落于黄河北岸的二级阶地上，是最具代表性的以齐家文化为主的史前遗址。黄河上游是中华文明的重要源头之一，而齐家文化就是这一地区文明发展的关键阶段。

贰

自 1999 年以来，中国社会科学院考古研究所、青海文物考古研究所组成联合考古队，对喇家遗址进行了多次挖掘，取得了诸多重大考古成果。

2000 年，时任“黄河上游官亭盆地古遗址群考古研究”区域调查课题负责人、著名考古专家王仁湘率队在遗址东区先后发掘出 4 座齐家文化房址，在 3 座房址中都发现了人骨遗骸，其中一座房址发现了 14 具人骨，这些人骨一组组呈不规则姿态分布在居住地面上。目前考古发现的有灾难死亡人骨的房址共 5 座，共清理出 25 具人骨。其中，一对母子的场景，仿佛眼前刚刚发生的惨剧。母亲无奈地倚墙跪坐在地上，她的右臂用尽全力支撑在地上，左手将幼儿紧紧地搂抱在怀中，脸颊紧贴着幼儿的头颅，幼儿的双手紧紧搂着母亲的腰部，凄惨的画面，透着无助却显现出伟大的母爱！

每一座房址都保留了灾难发生那一刻的场景，绝望、惊恐的状况令人震惊。

这些已被封存了 4000 多年的一幕幕悲剧场景，现在看来依旧惨不忍睹。

F4 全景（14 具人骨）

在灾难面前，我们看到了生命的脆弱。而在灾难来临的瞬间，那定格的人性的光辉和爱的伟大，使我们的内心一阵颤动，像是留在我们精神上的一个刻痕，让人铭记。

这些非正常死亡的人骨遗骸让考古学家们震惊的同时，也引起了特别关注，但又无法找出具体的原因，究竟是什么毁灭了喇家聚落。根据发掘中发现的种种迹象，专家们推测喇家聚落先民的非正常死亡现象，可能与当时的一场强烈地震有关。为搞清原因，王仁湘先生邀请了北京大学环境考古学专家夏正楷教授参与喇家遗址的发掘工作。考古学家对当地的地质进行了考察与研究，他们在喇家遗址内发现了洪水的棕红色黏土和砂质沉积物，由此，推测了灾难发生时的场景。

4000 多年前，喇家遗址所在地先是爆发了一场地震，震后不久，紧接着发生的多重灾难使其遭受了灭顶之灾。喇家先民的非正常死亡之谜和喇家聚落的毁灭原因被逐渐揭开。

喇家遗址发掘过程中发现了多处地震裂缝，地面褶皱起伏和地震的砂管现象，反映出地震确实对聚落有过强烈影响。

地震发生时可能形成地裂缝，地下饱水砂层在强大的能量作用下发生液化，砂水混合物沿地裂缝上升，在地层中形成砂管，喷出地表形成喷砂；猛烈喷出的冲击力可将地表冲出一个形如爆炸的漏斗状砂管，将砂喷至堆积坑内或流动到低洼处形成沙坑。砂体大量涌出，局部地下被掏空，至地面塌陷。

考古发掘发现喇家遗址小广场局部地面因地震剧烈变形，地裂缝两侧的地面发生明显的断裂、错落和翘起，出现严重倾斜。而且裂缝中喷出的许多砂子堆积在上面，在地层剖面中还发现有规模较大的地震留下的砂管，有的喷砂厚达半米，延续数十米。

对喇家遗址史前大灾难的具体成因专家学者们说法不一，有人认为是地震破坏了喇家聚落，之后黄河特大洪水将其彻底摧毁并掩埋；还有人说是地震引发上游积石峡山体滑坡崩塌，在黄河上形成了堰塞湖，不久发生溃坝，巨大的洪水毁灭了喇家聚落；也有人说是地震破坏了喇家聚落，之后源自吕家沟的山洪将其彻底摧毁并掩埋。但有一点是一致的，那就是首先引起喇家聚落灾难的是一场地震，紧接着发生的灾难才彻底毁灭了它。

喇家遗址现在所呈现的现象，是地震与洪水等多重灾害叠加的结果。

叁

青海省境内黄河流域位于青藏高原的东北部，地势西高东低，平均海拔 4000 米以上。流域内耸立着一系列高大山脉，山顶常年积雪，冰川地貌发育。果洛藏族自治州玛多县多石峡以上地区为河源区，海拔多在 4200—4800 米，属高原湖泊沼泽地貌，河源区地势平坦，山峦之间多有草地、湖泊、沼泽分布。源流段河道蜿蜒曲折，河谷开阔，两岸坡度较缓，多为草原、牧场。玛多以下，大部分为高山峡谷地貌，河道切割较深，间有开阔的谷地和平缓的高山草地，除生长大片的牧草外，还有一些灌木林分布。龙羊峡以上的黄河流域分布有众多的湖泊、沼泽、湿地和广阔的天然草场，土地利用以生态保护和畜牧业为主。龙羊峡至寺沟峡区间的黄河干流区，海拔由高到低地貌依次为高原草场、中低山黄土丘陵和河谷川台地，土地开发利用程度较高，土地利用以农地为主。在河流的切流和地质构造的共同作用下，龙羊峡至寺沟峡的干流区，形成一种峡谷相间非常奇特的地貌现象，有人称它为“串珠状”地貌，如龙羊峡—贵德盆地—李家峡—循化盆地—积石峡—官亭盆地，这种地形特点，一旦遇到地震则容易因山体滑坡形成堰塞，可能引发特大洪水。

最早有关黄河源的记载是战国时代的《尚书 · 禹贡》，有“导河积石，至于龙门”之说。据专家考证，所指“积石”在今青海省循化撒拉族自治县县城积石镇附近，离河源尚有相当的距离。

F58 全景

中国上古时期流传的“大禹治水”的传说，是否与喇家发生的灾变有关，距今 4000 多年前的大洪水究竟是从哪里来的，学者们对此展开了一系列的研究。

山体滑坡导致堵河成湖，湖水上淹下泄，造成灾害。这种事件并非罕见，滑坡造成堰塞湖的事情也时有发生。

在今天位于循化县和民和县交界的积石峡中下段，建有一座黄河干流上的大型水库——积石峡水库。库区峡谷长约 25 千米，山势陡峻，地势险要，地质构造复杂。

喇家遗址考古发掘工作的不断深入，给大禹时代的大洪水找到了实证。

喇家遗址坐落在黄河河谷边二级阶地的一个盆地上，也就是说现在遗址远在黄河岸边。这是一处距今 4000 多年的巨大聚落，在此发掘出了被突然降临的灾难掩埋的聚落房屋。以发掘的 4 号房址为例，房址内发现了 14 具骨骼，还保持着突然遭遇无法抗拒的灾难时的动作和状态，很像意大利罗马庞贝古城被火山灰掩埋时的情景。经碳 14 测定，这场灾难发生在公元前 1920 年，也就是距今 4000 年前。喇家发生了人间悲剧，整个聚落在多重灾难中被掩埋，遗迹遗物将聚落的状态定格在灾难发生的瞬间，喇家遗址博物馆复原的场面，依然令今天的游人动容。

地质考古学者吴庆龙把这次灾难与距此 25 公里外黄河上游的一次堰塞湖溃决联系起来，得出惊人的结论：大禹治水确实存在，那次大洪水发生在中国的第一个王朝——夏。

2007 年，吴庆龙团队考察黄河上游积石峡地质时，看到了一些特殊的碎屑，后确认为“溃决洪水沉积”。通过计算模拟，他们发现这次洪水规模巨大，而且堰塞湖的消失年份就在 3500—4000 年前，很可能就是传说中的大洪水。

吴庆龙的文章描述了当时的情景：公元前 1920 年，一场地震在积石峡造成滑坡，滑坡体堵住黄河，形成堰塞湖。随后的一段时间里，堰塞湖水位上涨漫过堤坝，突然溃决导致了大洪水的发生。喇家聚落先是在地震中坍塌，族人被掩埋，后来溃决的洪水又淹没地震后的聚落，形成了现在看见的“溃决洪水沉积”。

吴庆龙说，“积石峡溃决洪水的发生地域、发生时代、巨大规模使得它是目前唯一能够对传说中的大洪水作出解释的科学证据”。

中国古籍中记载着各种各样的历史事件和传奇。当考古学家们破解了甲骨和青铜器上的铭文时，有些记录——比如与中国的第二个及第三个朝代有关的那些传说，得到了极为详实的佐证。但关于中国第一个朝代夏的记录，涉及一场大洪水以及大禹的故事，一直缺乏有力的证据。

地震裂缝

遗址西侧壕沟

肆

喇家遗址齐家文化不论是从文化鼎盛还是从部落规模上，都远远高于之前与之后的文化，其留存的遗迹极为丰富，包括具有防御或城邦色彩的宽大壕沟，具有部落宗教信仰色彩的人工堆筑祭坛等。根据遗址的遗迹和出土物，我们可以推测出当时的喇家部落规模宏大，拥有完整的社会等级、宗教信仰乃至权力架构，存在强大的社会组织能力和一定的社会分工，凸显出喇家遗址具有齐家文化区域性聚落中心的特殊地位或是一个遥远的城邦古国。

喇家遗址壕沟是在 1999 年试掘时发现的，考古人员在村庄偏南的一个晒场上发掘出了清晰的壕沟遗迹。目前，已经探明的壕沟有两段，即位于喇家遗址南区的壕沟和西区的壕沟。

南区壕沟年代较早，大体呈东西走向，发掘处宽 17 米，
深 3.5 米左右，已探明长度达 300 多米。

西区壕沟年代稍晚，大体呈南北走向，发掘处宽 7 米多，
深约 1.5 米，已探明长度 400 米左右。

这两段壕沟从遗迹特征看，相对较为宽大，史前时期像
这样宽大的壕沟，还不多见。

从遗迹推测，其具有防洪、排水、抵御野兽的功能，另外还有阻挡其他部落攻击、掠夺的作用。最重要的是在考古学上，依据壕沟可以判断史前社会的性质。在当时而言，已经相当于一个大型的公共工程，其背后必然有相对成熟的社会组织架构、权力组织和周密的安排。

2001 年，考古人员在遗址区东南台地的中部首次发现小广场，后经多次补充扩大发掘，面积近 100 平方米，估计范围还要更大些。广场的硬土地面系人工踩踏而成，又遭地震破坏，有褶皱和起伏断裂的迹象。

史前时期的聚落广场，通常情况下承载集会、祭祀以及重大事务商议和决定功能，故位于聚落的中心地带。根据喇家遗址小广场的发掘位置（位于东南边缘）判断，它只是小区域的小广场，为次中心。喇家遗址中心位置是否有大型广场，还有待进一步考古发掘。

但是，小广场的形成已经具备集会、祭祀等功能，因为在小广场上还清理出奠基坑、杀祭坑，以及祭坛和两座地面建筑、多座墓葬等构成的一群较为特殊又相互关联的多类遗迹组合群体。据此，可以推知，小广场是喇家遗址齐家文化先民特殊的公共活动空间，更可能是遗址中一处重要的祭祀区域，反映出喇家齐家文化时期的社会分层和组织活动。

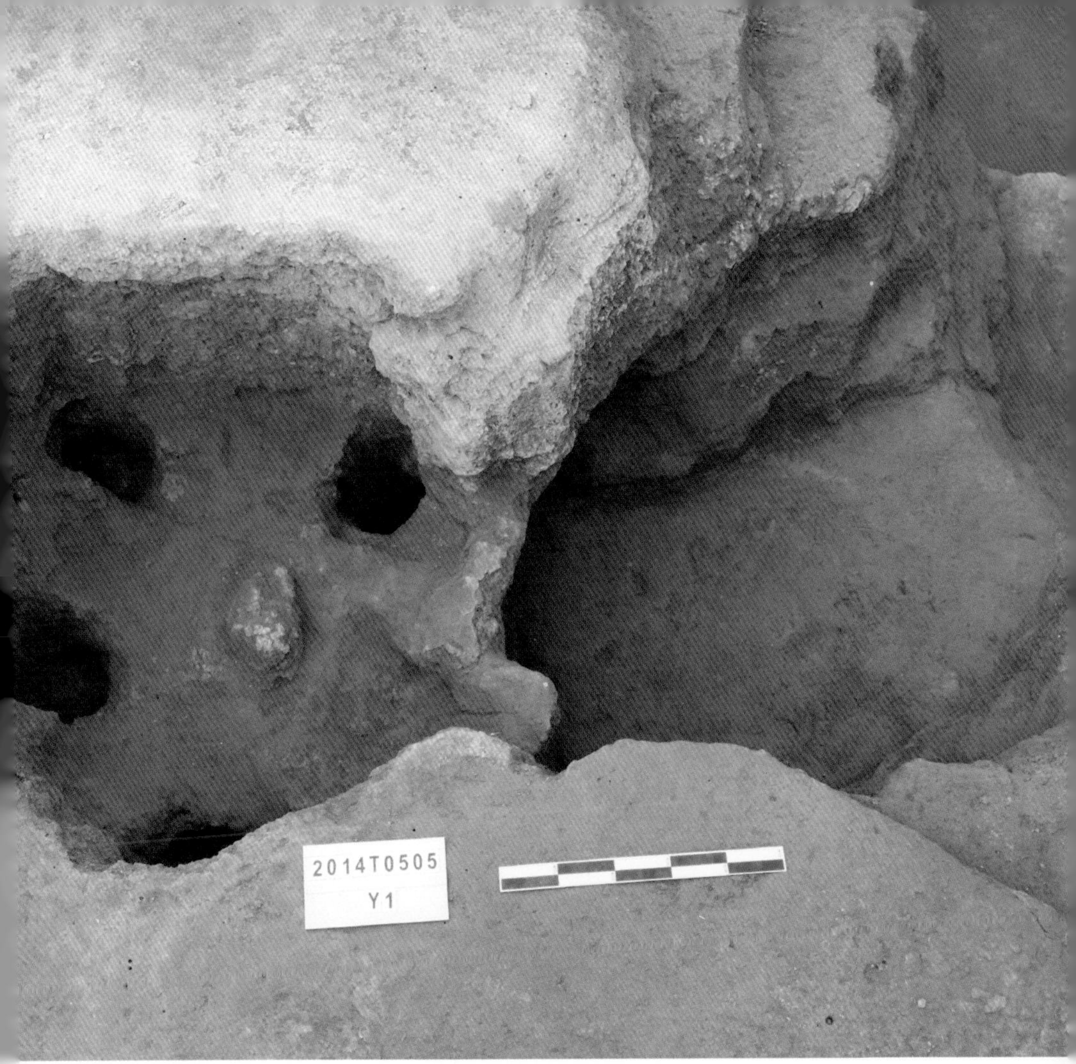

喇家遗址 Y1 全景

在广场下面，考古人员发现了一个奠基坑，推测在广场建成之前要做一些仪式，其中把人埋在广场硬土地面下就是一种仪式。

在广场上还有一个人为挖下去的坑，四角有凹陷的痕迹，坑里有一具人骨，应该是当时广场上进行杀祭活动时留下的，人被杀死后扔在里面。坑口就开在广场上，应该与奠基人骨在地层下有所不同，是人们在广场上进行的杀祭活动。

喇家遗址发现了祭坛土台，土台位于小广场北边，相对于广场地面的高度，约 2 米，2002 年先发现土台东南边沿部分，清理出 10 余座墓葬，无明显分布规律，据考证这些不是氏族公共墓葬，而是祭祀性的墓葬或陪葬。

喇家遗址的祭坛坡面上有灰坑，有的堆积着许多石头，有的土台硬面被烧烤过，由此推测，可能与祭祀有关。

值得注意的是，在祭坛土台的顶部中间部位还有一座高等级的墓葬，其墓口呈回字形双重开口，下面是长方形竖穴土坑，填土为红土与黄土相叠，填土中有规律地放置了玉器或玉料。

这是一个非常讲究的墓葬，从墓葬所在土台边缘那些祭祀性的墓葬可以看出，这个位于广场中央经过人工加工的台子不是一般的土台，而是一个齐家文化时期先民的祭坛，这种祭坛在以往发现的齐家文化遗址中从来没有出现过。

墓葬考究，规格高且有较多玉器，表明墓主人身份特殊，与其被埋葬在土台之上正中位置相符，这也与祭坛的礼仪性质相吻合。由此推断，墓主人可能是神职人员（巫师），抑或齐家文化聚落中的首领人物。

在考古学上，祭坛向来被视为礼仪性建筑，它既是史前文明的标志，又是阶级社会和城邦古国或中心聚落诞生的标志。

据此可以推知，喇家遗址的祭坛，表明当时已存在一个极具支配力量和凝聚力的社会组织，有专门从事宗教祭祀活动的人员出现，这一阶层拥有沟通神灵的职能而使其社会地位远高于普通大众。

大石磬（齐家文化）

大玉刀（齐家文化）

伍

喇家遗址中还发现了多种象征身份、地位、权力的遗物，包括大石磬、大玉刀、权杖头等。

大石磬是著名考古学家王仁湘在一户农户家中发现的，2000 年 6 月 12 日王仁湘考古团队外出工作，突然下起大雨，到一户农户家中避雨时，发现院中有长方形石板一方，形体巨大，长度接近一米。形状类石刀，一侧中部穿一孔，可悬挂，此当为磬也！仔细询问来历，确实为齐家文化之物，这件宝器后来被命名为“黄河磬王”。

石磬，其材质最初以石，后易之以玉、铜。磬，最早是一种祭祀用的礼仪乐器，即一种悬挂起来的打击乐器，多在大型祭祀、礼仪场合中使用。由于磬在祭祀活动中日渐显现其突出地位，统治阶级也渐渐将它纳入古乐中，并将其视为身份、地位、权力的象征。

石磬是至高无上权威的象征之一，从喇家遗址的磬王来看，它的主人或许只是一个小国之君而已，但不论大小，他所拥有的也是君王的权威，由此推断，喇家遗址极有可能是一个王国或王宫。

2002 年，考古人员在发掘位于喇家遗址东南台地祭坛土台坡前时，在高等级墓葬附近的喷沙堆积中出土了一件被折断一半的大玉刀。据悉，喇家遗址出土的大玉刀为目前已知最大的玉刀。

大玉刀和大石磬一样，都是身份、地位、权力的象征。

王仁湘先生称，大石磬与大玉刀都是王者重器，是君王权威的象征。它们的出现表明喇家聚落是史前时期一个重要的政治、经济和文化中心，也是喇家遗址作为史前中心聚落乃至一个城邦古国的重要标志。

考古人员在喇家遗址的一个居室中部还发现了一件特殊的器物——象征权力的石制权杖头，该权杖头是一种昭示身份、象征权威或具有其他特殊功能的器具。

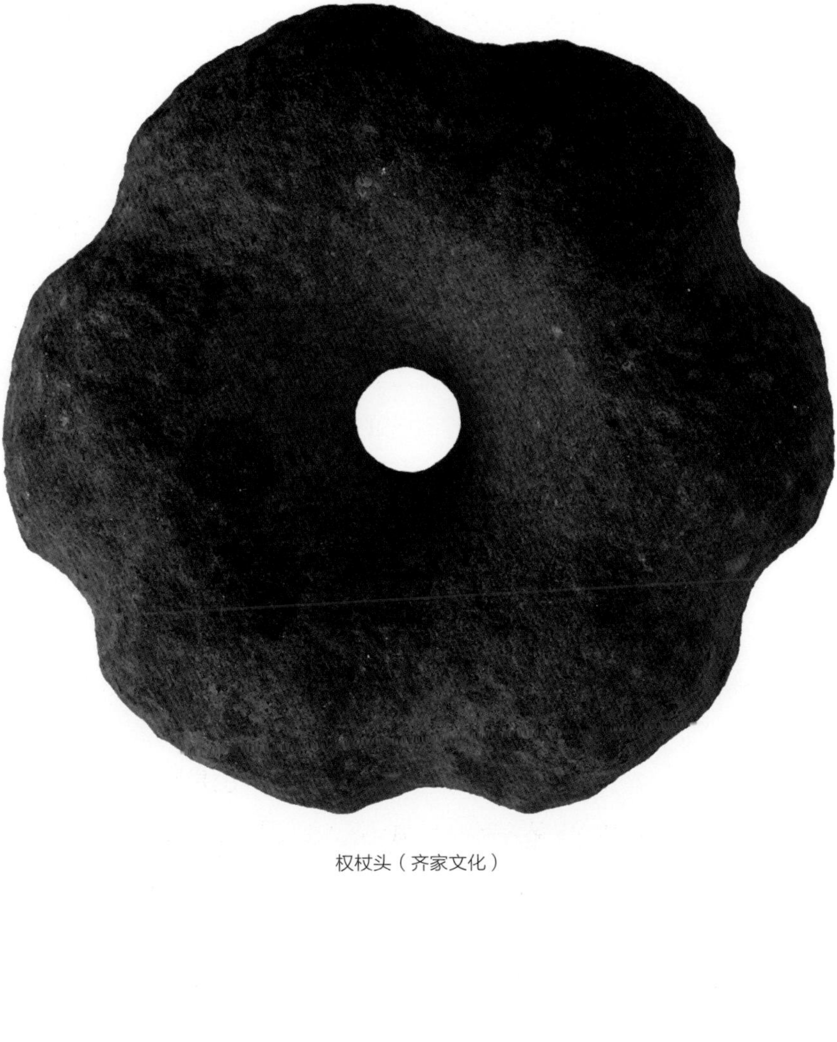

权杖头（齐家文化）

权杖头整体近六瓣花朵形制，中间有圆形穿孔。作为世俗权力的象征，权杖头被视为中西方文化交流的产物。北大考古文博学院李水城教授认为，“权杖在西亚出现后，作为一种特殊的文化特质，开始向外传播辐射”。距今5000年左右，权杖头由西亚传入我国，表明我国北方地区曾通过河西走廊或青海道与西域有过文化互动。

人类的迁徙、交往，从旧石器时代开始从未间断。不同规模、不同程度、不同形式的人口流动，造成文化与文化之间的碰撞、交流与融合。区域性文明也是一个动态的不断发展的过程。

喇家遗址发现的权杖头，正是东西方文化交流、融合的见证。

陆

喇家遗址出土的占卜卜骨，以及象征社会等级和权力架构的大型石磬、大玉刀、大玉璧等极为重要的“王者之器”，一件件鲜活的遗物再现了喇家先民从原始宗教信仰到阶层形成再到秩序井然的史前社会形态。卜骨和玉器，既是喇家先民的宗教信仰体现，又是他们政治文化的象征。

在喇家遗址东南台地小广场的杀祭坑、遗址多处发现并出土了大量卜骨。其中，有些卜骨灼烧痕迹明显，说明当时有占卜现象存在。

“卜骨”是一种用来占卜的动物骨头或骨块，通常有钻孔和刻字两种形式。这些骨头经过火的灼烧会出现一些裂纹，巫师根据这些纹路来判断吉凶祸福。早在新石器晚期，人们就开始运用卜骨来判断吉凶，到了殷商时期，卜骨盛行。

卜骨在这里承载的既是原始的宗教信仰形式（巫术），又是一种决策文化。

喇家遗址卜骨的发现，不仅表明喇家先民已经拥有完整的信仰和祭祀体系，而且也说明占卜已成为先民们政治文化生活的一部分，甚至已经具有重大事务的决策功能。

据研究推断，中国的占卜方式因地因时而异，但齐家文化和二里头文化先民均使用相同的卜骨来决策，表明他们有类似的宗教信仰和政治文化。齐家文化重要遗址均有卜骨发现，卜骨亦是二里头文化的重要内容，既体现了精神文化和意识形态，又是齐家与二里头文化同质性的重要表征。

把喇家遗址发现的卜骨与中原二里头文化之间密切联系起来，可以看出，喇家既是东西方文化交流的重要媒介，又是与中原文化相互交流与吸纳的载体，其遗址地位的重要性不言而喻。

卜骨（齐家文化）

柒

喇家遗址发现各类房址 60 余处，其差异十分明显，从目前残存的迹象看，住房格局多样化是喇家遗址的一大特色。依据房屋建筑结构分，有窑洞式、地面式、干栏式、半地穴式等。其中，类似于地穴或半地穴式的建筑形式是主流。此外，套间、共用一处门前场地、使用壁炉也是喇家遗址房屋格局的一大特征。

“穴居式”民居的历史可追溯到 4000 多年前的齐家文化时期，位于民和官亭盆地的喇家先民，亦采用了这种窑洞式格局的建筑方式。

值得指出的是，这种窑洞式建筑是齐家文化时期房屋格局的主流。但是，从喇家遗址目前所处的地理位置来看，这一地貌特征并非深厚黄土的台地，也非原生黄土，应该说不适合窑洞式建筑，然而，它确实普遍地使用了这种窑洞建筑形式。

F21 干栏式建筑

喇家遗址房址中已发现采用“白灰抹面”的装饰方法，即先在生土墙上涂抹一层青泥，厚 12—15 厘米；再在青泥上抹草拌泥，用以加固，厚 3—5 厘米；最后在草拌泥表面涂抹一层白灰面，这样的处理方式，不但增加了房子的保暖、隔热和防潮功能，还美化了室内环境。

喇家遗址窑洞式建筑的确认，对于黄土地带史前聚落形态的研究、窑洞式建筑的发展历史研究及中国古代建筑的起源与发展研究具有非常重要的意义。

广场有一处地面上的房址，由 3 排 3 列共 9 个柱洞组成，宽约 3 米。它靠近广场的中心，只有柱洞，没有加工过的地面，地面上也没有遗物，显然是一处特殊的建筑遗址。发掘人员参考一些建筑史学者的意见认为，它的功能和用途，很可能就是“社”或“明堂”一类的干栏式礼仪型建筑。

地面上的 9 个柱洞排列有序，比较粗大，应该是干栏式建筑的基址。建筑专家推测，这种建筑最开始可能是为了存放粮食，后来渐渐演变成祭祀谷神的一种特殊建筑，叫“社”。

F63 下层壁炉

2016 年发掘喇家遗址时，在一处房址里发现了较为完整的壁炉、壁龛、灯壁、灶等。其中壁炉结构清晰，并有明确的烟道，这些发现更加准确地呈现出当时喇家房屋里壁炉的结构和用途，为了解喇家遗址房屋的内部结构提供了重要的材料。

壁炉的发现是喇家遗址的一大特点。

喇家遗址较多房址内发现壁炉，居住面上同时建有火塘，两者共存共用。壁炉依墙壁或墙角横向掏挖而建，多使用石板将炉体隔成上下两部分，石板上表面都较平整，为使用空间，个别壁炉石板上放置陶器。石板下为炉膛，积满烟炱，堆积着烧灰，炉壁有烧结面，有的用砾石支撑。另有部分壁炉不见石板，或是遗失、损坏所致。从壁炉的构造看，兼有取暖与烧烤的双重功用。

从考古资料和研究结果可以看出，我国新石器时代普遍使用火塘或灶坑，在史前考古遗址里面很难见到壁炉，喇家遗址的壁炉是一个新的发现，专家们推测这种壁炉和西方的壁炉可能有一些关系，很可能是东西方文化交流的体现。

双大耳罐（齐家文化）

捌

喇家遗址文化遗物种类多样丰富，以手工制造为主的器物主要有石器、陶器、玉器以及骨器、角器、牙器等。

喇家遗址发现并出土了大量的石器及石器的半成品。从石器形式和功用看，器类丰富，用途多样，既有祭祀用的礼器大石器，又有象征身份、地位和权力的石制权杖头；既有生产、生活用具（磨盘、魔棒、杵、刀、斧、锛、凿、锤、臼、纺轮、石饼等），又有狩猎工具镞矛、石球等。

喇家遗址的一些房址里出土了大量陶器，大都是典型的齐家文化陶器，如齐家文化时期最有代表性的双耳陶杯等。2014 年，考古人员在喇家遗址西区东北角发现了第一座陶窑。该陶窑为竖穴式，由窑室、窑床、火眼、火道、火塘、操作区组成，残存 4 个椭圆形火眼。

陶窑的出现，表明喇家先民已经掌握了熟练的陶器制作和烧制技术。青海境内黄河流域多处发现史前遗址，更有大量彩陶出土，但陶窑的发现仅在喇家，这为我们研究古人的制陶技术提供了重要依据。

出土齐家文化陶器

出土齐家文化陶器

从陶器制作工艺看，手法普遍采用手制，小型器用手直接捏塑成形，大型器采用泥条盘筑或对接成形，同时兼用慢轮修整技术，较多器物是将颈、肩、腹、底分别做好后再拼接而成。陶器内壁多保留有刮抹修整的痕迹，亦有采用模制法制陶。

出土齐家文化陶器

陶质可分为泥质陶和夹砂陶。泥质陶以红陶为主，橙、灰陶较少。器类有高领双耳罐、敛口瓮、敛口罐、双耳罐、大双耳罐、大三耳罐、单耳杯、尊等。器表多经过打磨，略有光泽，以素面为主。个别器物有纹饰，如高领双耳罐、敛口罐、敛口瓮。纹饰有篮纹和弦纹两种，篮纹又以竖行为主。夹砂陶又可分夹砂红陶和褐陶。夹砂红陶含砂量少且颗粒细小，器表亦经打磨，器类有带嘴罐、盆、杯。夹砂褐陶以红褐陶为主，灰褐陶次之，器类有侈口罐、双耳罐、单耳罐。夹砂红陶有盛储器、饮食器、水器、炊煮器四种，夹砂褐陶均为炊煮器。器表纹饰大多为绳纹，个别饰篮纹或交错绳纹。纹饰拍印规整，且以竖行为主。夹砂陶器底除个别模糊不清晰外，大部分饰有席纹、篮纹和绳纹。

陶器作为人类生产生活和艺术创造结合的产物，是人类发展中最早发明和应用的生活器皿之一，也是史前文化的重要组成部分。它的流传和演变标志着先民们物质和精神文明的重要发展。

彩陶凝聚着先民们共同的智慧和记忆，其所渗透的浓郁的地方文化特色是青海历史文化的结晶和沉淀。

出土齐家文化玉器

从仰韶文化到齐家文化，历代工匠求索和传承，今天我们面对各种样式的陶器时，仍旧可以感受到他们在静默中所具有的历史动态，它们记载着远古的历史文明。每每领略陶的气质和韵味，我们无不感受到中华文明的源远流长和丰富内涵。

除了陶器，喇家遗址还出土了大量不同种类的玉器及玉料，这些玉器有的在墓葬里，有的出现在房址里。在遗址的一些文化堆积里也发现了玉器、玉料和加工玉器剩下的下脚料、碎片等，这反映出喇家遗址齐家文化时期人们不但使用玉器而且还制作玉器，可能当时已经出现了一定规模、专业性较强的玉器作坊，玉器手工也已发展成为一门独立的手工业，形成了自成一体的玉文化体系。

喇家遗址地处交通要道，获取玉料的来源除附近的玉矿外，还有来自甘肃境内的祁连玉、昆仑山脉以东的昆仑玉、昆仑山以北的新疆和田羊脂玉等。

根据出土的玉器和玉料推断，其玉器制作有两大特点：第一，切割开料多使用片切割的方式，尽显粗犷大气，部分打磨抛光精致，表面多呈蜡状光泽；第二，装饰风格以质为美，以素为美，大都光素无纹，不使用雕刻工艺，但至今还没能发现喇家遗址的玉器制作遗迹。

出土齐家文化玉器

喇家遗址中以齐家文化为主的玉器，占据重要的地位。喇家遗址的玉器主要由发掘出土和民间征集而来，达 20 多种，从数量上而言，占据青海地区齐家文化出土玉器总量的四分之一，基本包括了目前青海地区齐家文化已出土玉器的全部器型。玉器的出现具有浓郁的时代特征，而且主要作为现实社会中的礼仪用具。齐家文化时期，墓葬分化明显，墓内随葬礼器的数量显示了墓主人生前的社会等级、地位和身份。

喇家遗址玉器可分为礼器、工具、饰品及其他四大类。其中，礼器类玉器有壁、环、三璜联璧、璜、钺、刀等。玉璧是一种中央有穿孔的扁平状圆形玉器，为我国传统的玉礼器之一，也是“六瑞”之一。古人在制作玉器时，对玉璧的孔径与玉器的比例并没有严格的规定，因此今天我们习惯上把宽边小孔径的圆状玉器统称为璧，而窄边大孔径的称为环。玉璜是一种礼仪性挂饰，被《周礼》一书称为是“六器礼天地四方”的玉礼器。每当进行宗教活动时，巫师就会戴上它，它经常与玉管、玉串组合成一组精美挂饰，显示出巫师神秘的身份。工具类玉器包括斧、锛、凿、锥、纺轮等。这类器物在喇家房址和墓葬中均有出现，是齐家文化工具类玉器中比较常见的几种玉器，制造工艺粗精不一，有的残断破损或有使用痕迹，尚未脱离使用的范畴。在喇家几处房址都出土有玉斧，玉斧是一种扁平的梯形器，上端有孔，可缚扎执柄，下端有刃，如果刃部宽大则叫钺。玉斧从石斧演化而来，史前时期，石斧曾作为生产工具和战争兵器使用，后以玉制成，便演化为部落首领权力的象征。

喇家遗址 M17 及随葬玉器

三璜联璧（齐家文化）

玖

礼乐文明是中华文明探源研究的重要内容。而在与此相关的中国古代玉器研究中，玉石璧的功能又一直是学术界关注和争论的问题。考古学家根据古文献“玉有五德中其声舒扬”的记载，从音乐声学的角度来考察古代玉石璧，即将各地重要遗址的出土资料，通过音乐声学的科学测定，以客观数据所显示的证据，来探讨史前时期及青铜时代成组玉石璧可能具有的音乐上的特殊作用和意义。研究结果表明，这种成组的玉石璧具备良好的音乐性能，这为我们探讨玉石璧的功能开辟了一个新思路。

甘青地区的齐家文化是玉石器发现的重要区域，也是玉文化研究的一个热点。考古学家对喇家遗址出土的玉石器和青海省博物馆收藏的部分齐家文化玉石器，从出土情况、形制特征、音乐声学测量等方面加以综合考察。此次研究不仅进一步证明了玉石器（如璧等）具有的音乐性能，而且将考古学、历史学、音乐学相结合，尝试了解齐家文化玉器与史前乐舞文化的关系，探讨中国古代礼乐文明的产生和发展。

在喇家已发掘的墓葬中，有两座各出土了两件成组、大小不同的玉璧。两件成组，这是喇家遗址出土玉石器一个比较突出的特点。同一处遗迹中出土两件成组的玉璧、玉环、玉管，是一个重要的文化现象。考古学家的测试结果反映出，两件成组的玉石器具有明显的音乐声学性能，说明喇家遗址的居民已经具有比较成熟的音乐文化观念，也有绝对的音高概念和音程概念。无论是从工艺技术还是从调音技术分析，都表明距今约 4000 年前的齐家文化时期，已出现律管和可以作为律器或乐器的两件制的成组玉石器。

喇家遗址发现的玉管，通过改变钻孔大小，可吹出不同音高。这与古文献中所谓西王母在昆仑山造律管的记载似乎有一定联系，时间、地点和器物都相互有所印证，也许并非出于偶然。当然，关于古代神话的史学考察，还有待于更深入的探讨。

而喇家遗址出土的玉璧与三星堆、金沙遗址出土的玉石璧相同点较多，比如器形较小，圆形较规则，有斜面痕迹，材质都以蛇纹石为主等。以喇家遗址为代表的黄河上游齐家文化与三星堆和金沙遗址所代表的长江上游古文化之间的关系，有学者曾经提出过关于长江上游和黄河上游的古代文化交流圈的认识。在此还可以列举一些文化现象，以反映它们存在一定的联系。其一，喇家遗址的玉璧与三星堆和金沙遗址的同类器在形制及材质上多有相似之处。其二，喇家和金沙遗址都同时发现了石磬。石磬和玉石璧考古均为板状，具备敲击入乐的音乐性能，可对应文献中击石拊石的记载。其三，喇家遗址发现有 9 个柱洞的特殊建筑遗迹，金沙遗址也发现布局基本相同的有 9 个圆形洞坑的遗迹，这种特殊建筑可能与祭祀礼仪有关。其四，从新石器时代晚期到商周之际，齐家文化与三星堆和金沙文化在祭祀乐舞方面，似乎也显示出某些相似点。以上诸种文化现象，对揭示当时西部地区的文化交流、先民的精神文化信仰，以及探讨黄河和长江两大流域上游地区礼乐文明的起源和发展都具有重要指导意义。

早期音乐舞蹈是非物质形态的艺术，这种非物质文化遗产早已消失，利用考古发现的艺术的物化资料，比如彩陶上的舞蹈画面和具有音乐性能的器物等，可以追寻远古人类的精神信仰和乐舞文化艺术，也可能在一定程度上复原远古人类的精神生活及其发展历程。我们通过对古代玉石器特别是玉石璧音乐性能的研究，为探寻早期人类的精神文化提供了一种新的切入点和研究途径，这项工作亟待继续深入和进一步全面开展。

出土齐家文化玉器

在喇家遗址出土以及青海省博物馆收藏的齐家文化玉器中，选择部分成组标本进行音乐声学测试分析，结果显示这些玉器明显具有调音和不同音高的音响功能，有着比较好的音乐性能。这些玉石礼器同时具有音乐性，是将礼器与乐器集于一身，礼乐相合的一种表现。应该说这并不仅仅是巧合，而很可能反映了当时社会生活中已经相当普遍的一种社会现象，是礼乐文明发展的一定体现。

出土齐家文化玉器

对于玉的声音表现，古人早有认识。相关文献如《说文解字》中记载："玉，石之美者，有五德，润泽以温，仁之方也。理自外，可以知中，义之方也。其声舒扬，博以远闻，智之方也。不挠而折，勇之方也。锐廉而忮，洁之方也。"

由于历史久远，以及古玉的发展变化，后代对玉器曾经的声音（音乐）功能早已遗忘不知，但这很可能是一个不争的事实。有学者对古人这些关于玉德含义的表述，还进行了一些形成机理的研究，试图从某种科学的角度给予一定解释。孔子、管仲、许慎等的不同表述，说明古时对玉声远播的精神蕴涵有多解性，名家理解各不相同。

探索古玉的音乐声学性能，不仅是玉文化研究的深入发展，也是文明探源的重要内容，在文明探源课题中关注这项工作，自有其学术价值。对玉的分析研究，还需要进一步的深入和完善，它对于探讨玉石器所具有的音乐功能以及史前和商周时期音乐文化和乐舞文化的发展、对于研究古代礼乐文明和礼制的起源与发展、对于中华文明探源研究，具有重要的学术意义。

出土齐家文化陶器

拾

根据考古研究，喇家先民以农耕为主，兼营蓄养和狩猎采集的多元经济模式。

环境是人类生存和发展的载体，人类总是在适应、利用和改造自然环境中形成自己的文化特色。喇家遗址地处官亭盆地，南邻黄河，西有积石峡，东有寺沟峡，南北有三条河流，使这个平坦的小盆地，得天时与地利，土地肥沃，水资源丰富。古地质学家研究发现，喇家先民活动时期的地面土壤正是适宜农业耕作的黑垆土层，腐殖质层深厚，适耕性强，适合种植的作物多，如麦、谷、豆类等。

地质学家根据分析研究得出结论，当时的喇家先民已经大面积种植了粟、黍、大麦、小麦等作物。2006 年，大通长宁齐家文化遗址获取植物种子 15 万粒，其中谷物约 10 万粒，经鉴定，谷物类有黍、粟、大麦，有黍亚科、禾木科、蓼科、菊科，是目前我国发现年代最早的大麦遗存。2010 年，大通河流域金禅口齐家文化遗址也发现了大麦和小麦遗存。而喇家遗址出土的面条状食物是目前所知世界上最早的面条。

2002 年 11 月，青海省文物考古研究所蔡林海在喇家遗址东区小广场东南角发掘出了一个橘红色倒扣的陶碗，揭开陶碗，其内圆台状沉积物顶部发现面条状遗存。经验丰富的考古队领队叶茂林研究员迅速将面条状遗物放回碗中，将土原封不动盖好，随后带到北京，请中国科学院地质与地球物理研究所的吕厚远研究员做了古植物学鉴定。通过植硅体、淀粉和生物标志化合物分析等方法，综合判断出面条的成分以粟为主，有少量的黍。这与植物考古学者对植物种子及种子碎块的鉴定结论是相吻合的。

这就是目前所知世界上最早的面条，学术界将其称为“中华第一面”，抑或“史前第一面”。

这碗面条，除了从学术角度验证了它的成分外，考古学者还对它的用途做了深入研究，这碗面条可能是用来祭祀的，地震发生，陶碗倒扣泥土之中，面条被密封起来，隔绝了空气，故而很好地保存了下来。这些留存的遗迹遗物，直观地再现了齐家文化时期喇家先民的生活方式和生存状态。

喇家遗址出土的面条实物（齐家文化）

拾壹

2001 年国务院公布喇家遗址为第五批全国重点文物保护单位，同时被评选为中国十大考古新发现，2005 年被列入全国 100 处重点遗址保护项目，2013 年喇家国家考古遗址公园项目立项，2021 年喇家遗址入选中国百年百大考古发现。喇家遗址是我国黄河上游地区以齐家文化为主的遗址，也是我国目前发现的史前灾难性遗址，它对于我们了解上古时期的自然灾害，探索大禹治水的轨迹以及夏王朝的社会历史具有重要意义。

喇家遗址田野发掘的珍贵文物与研究取得的重要成果，使我们除了对史前灾难有了一定认知，也使我们从一个齐家文化的中心聚落所蕴涵的丰富的历史、考古、文化等多重信息中，探索出一个大型聚落的布局与性质，追寻其社会组织发展水平是否处于国家产生的前夜。

20 世纪，甲骨文的发现以及对河南安阳殷墟的考古发掘，证明了商王朝的存在。这给了我国学者极大的鼓舞，他们希望从考古学上寻找夏后氏和夏王朝的文化存在，进而恢复夏代历史的本来面貌。

1959 年夏，中国科学院考古研究所徐旭生率队在传说夏人活动的中心地区豫西开始了对“夏墟”的考古调查。洛阳偃师二里头被纳入学者的视线。这是首次明确以探索夏文化为学术目标所进行的田野考古工作。

出土齐家文化陶器

对二里头一直持续不断的发掘，取得了重要成果，证明了它是一处早于洛阳商城的具有都城规模的遗址，二里头遗址和二里头文化成为公认的探索夏文化和夏商朝分界的关键性遗址。二里头遗址的发现揭开了古老“夏都”的神秘面纱，如今二里头遗址为夏朝都城遗存已逐渐成为学界共识。

中国古代文明的起源不是一蹴而就的，它的起源和形成经历了一个漫长的过程，只有不断发展积累和汇集到一定程度才能形成成熟的文明。

有学者提出，约公元前 3000 年至公元前 1500 年这 1000 多年间，中国历史上发生了急剧动荡的社会大变革。这一变革可以用文明化、国家化或社会复杂化来概括，作为中华文明最早阶段的夏商周三代王朝，即诞生肇始于这一时期。这一时期一个大的分水岭是公元前 2000 年前后。此时，数百年来异彩纷呈的中原周边地区的各支考古文化先后走向衰落，中国历史上首次出现了覆盖广大地域的核心文化，即以偃师二里头遗址为典型代表的二里头文化，在极短的时间内吸收了各地的文明因素，以中原文化为依托而迅速崛起。二里头文化与后来的商周文明一道，构成中华文明形成与发展的主流，确立了以礼乐文化为根本的中华文明的基本特质。

二里头文化与二里头都邑的出现，表明当时的社会由“满天星斗”式的若干相互竞争的政治实体并存的局面，进入到“月明星稀”式的广域王权国家时期，由之前多元化的邦国文明走向一体化的王朝文明。

而喇家遗址从它的年代、生产力发展水平和社会发展阶段以及遗址留存的遗迹遗物提供的诸多信息来看，很可能就是当时社会发展处于“满天星斗”式的阶段中一个政治实体的存在。由于缺乏文字一类的确凿证据，目前这也只是一种推测和假说，但随着考古工作的不断深入和考古资料的不断发现，谜底终有解开的一天。

夹粗砂附加堆纹陶

宗日
闪现在西部边地的文明之光

宗日遗存的存在，使我们对甘青地区史前文化的发展脉络有了一个比以前更加深入的认识，即马家窑文化是仰韶文化边缘地区的一个特异化变体，宗日遗存又是马家窑文化边缘地区的特化产物。这种特化的背后是人群的迁徙与融合，是与环境变迁密切相关的人群活动的结果。

壹

陶器的发明，是人类文明发展的重要标志。它揭开了人类利用自然、改造自然的新篇章，具有重大的划时代的意义。

仰韶文化和马家窑文化是我国彩陶的两个分布中心，仰韶文化出现的时间早，马家窑文化出现的时间相对较晚。距今约 6000 多年前，中原仰韶文化庙底沟类型向西拓展到青海东部的黄河流域，是仰韶文化分布的最西端，成为黄河史前文化圈的重要组成部分，也标志着青海开始进入彩陶高度发达的新石器时代。

青海位于黄河上游地区，是我国内地与欧亚大陆中亚地区相接的地带，因此，自古以来，就是中原地区和欧亚大陆之间文化交流的重要通道之一。公元前 3500 年左右，马家窑文化彩陶开始向西传播，逐渐形成一条自东向西的“彩陶之路”。这条道路有南北两道，北道以河西走廊为主，经中亚、西亚，直至欧洲；南道主要为青海东部地区和川西北一带。冶金术、绵羊、黄牛、小麦等极有可能就是通过这个通道从西向东传入中原地区，为促进东西方的文化交流和促进中华文明的形成和发展发挥了极为重要的作用。

宗日遗址全景图

由于处在华夏边缘东西方交流通道上的独特地位，青海一直是考古学家们倍受关注的地区。而彩陶特点、生业模式等文化因素进一步揭示出青海东部和黄河中游地区之间的文化互动与交流。

彩陶的历史记述了早期文化发展的特征与面貌，展示了彩陶文化由鼎盛期进入衰落期的发展过程，也是人们研究甘青地区史前文化发展演变的重要平台，更是探索、研究中华文明产生发展的重要渠道。

如果说马家窑文化的分布表明了彩陶传播之路的轨迹，那么位于黄河上游的宗日遗址则像一扇窗口一样展示了史前文化交融发展并创造出具有鲜明地方特色区域文化的过程。宗日遗址是马家窑文化在青海境内黄河上游分布的最远点，其文化内涵有一定的特殊性，它的墓地与青海其他地区发现的同类墓地有很大的差异，有强烈的地域特点。

贰

宗日遗址经过三年的发掘，共清理墓葬 341 座，发现了许多很有意义的现象，如石棺葬具、二次扰乱葬、火焚葬具、墓上标志等，为我们认识青海地区远古部族的特征提供了极具价值的资料，在古代西北民族史研究方面也有重大意义。

宗日遗址的墓葬除少数发现于居住区遗址外，绝大多数均分布在台地的边缘，从现象分析，墓葬有其专门的区域。

宗日墓地中最常见的墓穴形制一般平面呈长方形或圆角长方形。宗日遗址中有葬具的墓葬共 75 座，主要葬具有木椁、木棺、石棺、瓮棺等。

据统计，宗日墓葬中木椁墓共有 20 座。木椁一般由圆木或纵向剖开的半圆木材叠放而成，有的先在前后两端依生土二层台构筑，然后再安放左右两侧的木材；也有的在竖穴内固定四壁木材后再在外填土形成熟土二层台；木椁无底，顶盖搭放在二层台上，以圆木横向稀疏排列，间以细树枝和杂草。

宗日墓葬中有木棺葬具者 40 座，主要构筑形式是用木板按榫卯结构做成，前后左右上下六面齐全的长方形木箱，先成形后安葬，是标准的木棺葬具。从木棺榫卯结构来看，设计合理，制作工艺较高，充分体现了当时工匠的巧妙技艺，从而也可想象到当时的制作工具是相当进步的。

另外，在侧室墓的中间有木板或树枝相隔，类似于偏洞墓的封门，这也是一种象征性的葬具。

瓮棺是以陶瓮为葬具对夭亡儿童的一种埋葬方式。宗日墓葬中共发现 6 座，多在居住区遗址中发现，有两种情况，一种为单瓮制成，即在一个瓮中放置小孩骨骸和随葬品；一种是用两个陶瓮，口对口放置，内置骨骸和随葬品。

石棺是取材于石料来做葬具的。在宗日墓葬中，用石材做葬具的主要有石棺墓、石椁木棺墓、石木复合墓、石盖板墓、围石墓等。石棺、石椁墓一般规模较大，制作规整，也是一种特殊现象。

墓上标志、墓祭、火葬虽然数量不多，可是作为一种特殊的现象也构成宗日墓地的习俗之一。

叁

石棺墓的存在，是宗日墓地的一个重要特征，它对于甘青地区古代文化的研究，具有重要的意义。

在青海考古发掘中，已发现和发掘的石棺葬墓地有四处，除宗日遗址外，另外三处分别是位于青海湖北岸刚察县的砖瓦厂墓地、湟水下游民和县的簸箕掌墓地和核桃庄乡小旱地墓地。刚察县砖瓦厂墓地土坑墓与石棺墓并存。其中石棺葬有 21 座，其文化性质为青铜时代卡约文化晚期遗存。簸箕掌墓地和核桃庄小旱地墓地属青铜时代辛店文化。

青海考古发掘中发现的石棺墓葬数量较少。卡约文化是青海墓葬遗存和发掘数量最多的一种青铜时代土著文化，出现石棺葬的地点只是刚察县砖瓦厂墓葬一处。乐都柳湾、大通上孙家寨等地发掘的辛店文化墓葬中未发现石棺葬，仅民和县核桃庄小旱地和簸箕掌墓地有所发现，且所占比例很小。从目前资料看，石葬墓在青海农牧交界区数量虽少，却呈现出断断续续绵延不绝的发展势态。

M180 石棺及随葬陶器

宗日遗址共发掘墓葬341座，其中石棺葬仅存21座。并且从埋葬方式及随葬器物上也看不出太多特别来，因此这些石棺也许仅仅是一种就地取材的随意行为，但是最初的随意未必不会作为一种文化传统延续下来，成为某一地区的文化特征。从全国来看，发现和发掘石棺葬的地点也不是很多。从分布的地域来看，大体从我国东北至西南一线“半月”形展开，地域多属半农半牧或牧业地带。因此，考古学家推测，石棺葬可能是我国古代游牧于草原地带的一些少数民族的文化遗存。青海青铜时代的卡约文化为古代羌人的文化遗存，而宗日墓地的石棺时间早、位置适中，这就决定了它在石棺葬研究上所具有的特殊意义。

在从东北至西南的边地半月形文化传播带上，石质葬具一直就是一个重要特征，开始于新石器时代晚期，盛行于青铜时代，结束于铁器时代。虽然东北地区和西南地区最为普遍，但是西北地区却是时间最早的，过去首推甘肃景泰张家台墓地的半山期墓葬，而宗日墓地则把时间上限提到了马家窑类型时期。

宗日墓地的石椁形式，有的是简单的石盖板，有的仅是四个边框，也有张家台墓地一样边框附有盖板的成熟结构，与四川茂汶营盘山遗址的石椁如出一辙，所以虽然数量不大，但在石椁墓渊源上应该是一个新确立的起点，正像童恩正先生指出的“提供了解决南方西藏、四川石棺葬的来龙去脉的线索”。

二次扰乱葬

肆

宗日遗存的埋葬习俗也是别具一格的，这其中尤以二次扰乱葬、俯身直肢姿势以及火葬、木椁等方面最为突出。

宗日墓地马家窑期墓葬至少有 79 座，二次扰乱者有 30 座，占有人骨墓葬的 43%以上，这样集中出现说明宗日墓地就是早期二次扰乱葬习俗的中心区域。进入半山—马厂期，宗日墓地二次扰乱葬占有人骨墓葬的接近 70%，与兰州—洮河一线共同构成了二次扰乱葬的盛行地区，从而使得甘青地区新石器时代遗存具备了自己独有的特色。到了齐家文化以及后来的青铜时代诸文化时期，宗日墓地依然存在二次扰乱葬习俗，与同时期的甘青地区其他文化相一致。

尸骨摆放姿势也是一种主要的埋葬习俗。鉴于甘青地区史前墓葬比较常见的尸骨摆放姿势只有仰身直肢葬、侧身屈肢葬和俯身直肢葬三种，通过考古学家对各时期的墓葬进行统计分析，可以看到不同的姿势在每一个时期都存在着相对集中的分布范围。宗日墓地可辨葬式的 50 具人骨中俯身直肢葬占了 35 具，比例达 70%，可以说是一种主要葬式。可以理解为宗日遗存分布的青海省海南藏族自治州黄河两岸为俯身葬地区，之外的甘肃大部和青海东部地区流行仰身直肢葬。

俯身直肢葬

宗日墓地发掘之前，俯身葬习俗虽有发现但是不成规模，仅有青海民和阳山墓地达到了半数，因此无法进行全面的分析。在宗日墓地，马家窑期俯身葬就占据了主要地位，到了半山－马厂期更是具有统治优势，再结合循化、化隆、尖扎的零星发现，考古学家们画出了一个俯身葬的分布圈来，这是宗日墓地的一大贡献。

这个俯身葬分布圈形成于马家窑期，稳定地发展到了半山—马厂时期，呈现出与兰州—洮河区的屈肢葬、湟水流域—河西走廊的仰身葬三足鼎立的局面。青铜时代作为一种次要的葬俗分散到了青海地区的湟水、黄河沿岸，甚至兰州区也偶有发现，应该是宗日遗存的余脉。

宗日墓地发现近十座墓葬施行火葬，都是在墓穴中焚烧，一种在初次掩埋时候焚烧，另一种是二次扰乱时候焚烧；最早的是马家窑期，多数在半山—马厂期。另外青海循化和尖扎也发现了半山期这种形式的火葬数座，这就可以画出一个火葬墓的分布区，是以宗日遗存为中心、扩展到甘青交界处的圈子，恰好与俯身葬的分布范围和影响范围重合，当不是一种偶然现象。延续到青铜时代仍有火葬墓存在，依然是这个范围之内。墓穴内焚烧尸体的火葬形式远远多于骨灰罐形式，说明这才是古籍记载中的真正的火葬，如此火葬形式与分布区域的认识，也算是宗日墓地发掘带来的又一个贡献。

M168 火焚木椁痕迹

宗日墓地的人骨头以西北向为主，间有少量东南向。西北方向大致与湟水流域接近，说明与湟水地区在埋葬习俗上有着大致一样的心理认识；而少量的东南向墓葬，很可能是受溯黄河而上的兰州区影响。马家窑期东南向墓葬占有一定的比例，当是外来影响强烈的原因；而半山—马厂期的宗日墓葬西北向占据统治地位，应该是独立性增强的结果；到了齐家期，东南向墓葬复兴，很可能与陶器进入一样是外来因素再次强盛的缘故。

墓葬是当时人们社会生活中丧葬制度的物化表现形式，更多地体现了当时社会的传统观念，墓葬制度是最贴近于人群的一种文化遗留。葬俗作为人们心理认同形式的物质表现，确定性要强于陶器，观念意识层面的内容比起生产技术层面的内容更容易作为传统保留下来，族群特征也更显著。另外，墓葬研究为我们充分认识古代社会提供了一种可能，因为社会的组织结构甚至婚姻形态、群体规模及相互交流、人群内部的等级分化或者社会分工、人们的意识形态风俗习惯等等各个方面都会在墓葬上有所体现，能够最大限度地接近古代社会的真实。

宗日墓地显示出来的遗存葬俗，在整体面貌上是比较统一的，说明使用墓地的群体属于一个相对稳定的集团。但渐变性差异还是存在的，体现了随着时间的延续内涵也相应地变化着。

伍

宗日遗址最早发现于 20 世纪 70 年代，起初名为“兔儿滩遗址”，归入马家窑文化半山类型。1994 年考古发掘时以遗址所在地命名，遂更名为宗日遗址。“宗日”系藏语，意为人群聚集的地方。宗日遗址的发掘，无异于打开了又一座地下文物宝库，340 余座墓葬出土的各种文物达 3 万件之多，以彩色陶器最引人注目。在目不暇接的彩色陶器中不乏国宝级的文物，其中的舞蹈纹彩陶盆和二人抬物彩陶盆备受人们瞩目，经新闻媒体报道后，已享誉国内外文物考古界。

舞蹈纹彩陶盆出土于宗日遗址 159 号墓，橙红色泥胎上用黑彩描绘出精美的图案，较窄的口沿上画有成组的弧线三角纹和短斜线纹，显得匀称自然；外腹绘有稍粗的四道弦纹，简洁流畅；最让人赞叹的是内壁上部，两组舞蹈人像，分别为 11 人和 13 人，头饰较宽大，下着裙装，手拉手，一幅活生生的集体舞蹈画面，古朴中透着灵动，隐隐弥漫出一种远古文化的神韵。总体上看，这件陶器达到了古代彩绘艺术的极高境界，令人赞叹不已，被称为稀世珍宝。

同德宗日遗址出土马家窑文化马家窑类型舞蹈纹彩陶盆

舞蹈纹彩陶盆除宗日发现的外，1973 年大通上孙家寨也出土了一件，其上也绘以手挽手舞蹈人群形象。这种手拉手人群的形象乃是一个世界性的艺术主题，它出现在世界各地的彩陶、岩画乃至青铜艺术中。不过就以文献资料和这种艺术主题运用的时空范围和普遍程度来看，当以我国为最。考古学家从人类学角度考察提出，举凡具有“新生”之文化内涵的仪式、庆典和聚会等，都要举行连臂舞。如葬礼、联盟联姻、春祭、祈雨、狩猎与丰收仪式等等。

“二人抬物”彩陶盆发现于 192 号墓，唇彩为斜线三角纹，外彩为三线扭结纹，这些都是马家窑类型彩陶盆上的流行纹饰。内彩绘在中腹以上部位，主题纹饰为四组对称的双人抬物图案，间以横、竖、粗、细条纹组成的辅助图案，上下两端分别以一道和五道弦纹界定，构成一幅四方对称、优美和谐的完美画面。图案以圆点表示人的头部，粗线描绘人的躯干，细线表现人的四肢，两人相向分腿而立，腰背微屈，共抬一个硕大的圆形物体，寥寥几笔，就把两人抬起重物的形象刻画得惟妙惟肖，令人叹为观止。

“二人抬物”彩陶盆，这件距今 5000 多年前的古代作品，制作精致，图案精美，人物形体鲜明，造型和动作既抽象又生动。这种劳动画面的彩陶盆在全国属首次发现，在马家窑文化中也仅此一件。

同德宗日遗址出土马家窑文化马家窑类型双人抬物纹彩陶盆

骨叉、骨勺、骨刀

“二人抬物”彩陶盆，其所绘图案，考古学家认为是一幅极为珍贵的有关原始“公”礼的形象描绘。“公”礼亦可称“颂”礼，即《诗经》六艺中“风雅颂”之“颂”。我国著名的历史学家周策纵先生把“颂”解释为持瓮之舞。他说“颂”从“公”，公字义为平分，当指古代的容器和量器——瓮。这种容器在仪式演出中演变为乐器，持此瓮边歌边舞，便是“颂”礼，宗日彩陶上二人所抬之物，亦可视为“瓮”。

宗日遗址出土的骨质餐具，更像一束远古的文明之光，在彩陶的掩映下，放射出璀璨的光芒，吸引着一双双关注的目光。出土的一组由骨叉、骨勺、骨刀配套的餐具简直就是当今西式餐具的模本，尤其是骨叉，前段轻微弯曲，有三齿；后端较柄部稍宽，切割成尖齿花瓣状。整个叉子用大型动物肢骨劈裂加工而成，骨面平整光滑，利用了骨骼的自然弯曲度，显得极为合理。骨勺比骨叉更巧妙地利用了骨骼的自然形成，整体弯曲，前端修整成椭圆形，再削刮成为勺体。尤其是骨叉，形状和尺寸与现在的叉子绝无二致，是一件相当罕见的文物精品，耐人寻味。今天的人们一提起餐具，自然而然会想到中式餐具的筷子和西式餐具的刀、叉、勺等，其实西方人普及刀、叉仅是近几百年的事情，由此看来，所谓的“西式”餐具并不是西方文化的专利，在遥远的东方，在古老的青藏高原，它早就问世了，这也从另一个侧面反映了宗日人经济生活的多元性。

宗日遗址出土的骨叉，打破了人们头脑中中西餐具分野的习惯观念，
对于饮食文化的研究具有极为重要的意义。

在宗日遗址中，除出土一批马家窑文化马家窑类型、半山类型细泥红陶质的各种彩色陶器外，还出土了大量器表呈乳红色或乳白色的夹砂彩陶器，并且流行一种紫红色横向多线波折纹竖向三角折线纹图案。调查发掘资料表明，这种质地和纹饰的彩色陶器不见或罕见于东部农业区，而比较集中分布于龙羊峡以西的黄河沿岸地区。因此，有的学者主张，将这些具有特殊文化内涵的遗存从马家窑文化体系中独立出来，另外命名为宗日文化。宗日遗址的发掘，为研究宗日文化与马家窑文化之间的内在关系提供了新材料，为进一步探讨黄河上游新石器时代考古学文化的发展格局以及人地关系提供了新线索。

考古学家们根据考古发掘，把宗日式陶器和埋葬习俗放在甘青地区史前文化的背景上，从人群流变的角度论证出宗日遗存是马家窑文化西进的产物。宗日遗存的存在，使我们对甘青地区史前文化的发展脉络有了一个比以前更加深入的认识，即马家窑文化是仰韶文化边缘地区的一个特异化变体，宗日遗存又是马家窑文化边缘地区的特化产物。这种特化的背后是人群的迁徙与融合，是与环境变迁密切相关的人群活动的结果。

三角纹单耳彩陶罐

陆

宗日式陶器从质地上看有夹砂陶和泥质陶两类，其中夹砂陶数量最多，占总数的 85%左右；泥质陶数量少，仅占 15%左右。宗日墓地的夹砂陶实际上是一个完整的、具有自己特色的、可以独立于泥质陶之外的器物群，所以考古学家们单独称之为“宗日式陶器”。泥质陶器，因为与过去发现的马家窑文化陶器没有区分开来的鲜明特色，故沿用过去的称谓，名之为“马家窑文化陶器”。这是两个不同文化传统的器物群体，有着各自的结构与演化轨迹。

宗日式陶器的种类非常简单，仅有夹砂瓮、单耳罐、夹砂碗三种，分别作为贮藏器、炊煮器、盛食器。功能要求决定了器物形态，一定程度上也决定着质地，例如盛食器要求大口浅腹，炊煮器要求使用夹砂陶，但是有一些特点是不受功能制约的，例如制作技术、艺术加工。

折线纹彩陶壶

技术需要传承，艺术受制于观念，都是一个群体文化传统的有机组成部分，具有相对的独立性和延续性。宗日墓地夹砂陶器赖以存在的特点在制作技术上表现为陶质、制法，在艺术上表现为施彩。相对于马家窑文化的灰褐色和红褐色，宗日的夹砂陶器明显偏淡，甚至有一定比例的乳白色陶器，这是其他文化中没有发现过的。

宗日陶器的彩绘纹样并不复杂，主要有两大类，即折线纹和鸟纹。折线纹主要施于小型壶类器物上；鸟纹主要在比较大型的贮藏器类上。至于单耳罐这样的炊煮器，彩绘并不普遍，口沿部位内彩出现较多，几乎都是倒三角纹；肩部也有部分施彩，形同夹砂瓮型上的鸟纹。夹砂碗内彩为主，外彩主要是上部，图案基本都是倒三角纹或者折尖竖条纹。实际上，三角纹、长条三角纹、倒三角纹、折尖竖条纹都是鸟纹的变体，所以宗日式陶器的彩绘图案仅仅包括横行连续折线纹和鸟纹及其变体这两个类别。

作为一个器物群体，宗日式陶器是宗日墓地随葬陶器的主体，几乎贯穿了整个墓地的起始，其自身的发展过程也是比较完整的。

鸟纹彩陶壶

鸟纹彩陶壶

作为陶器最显著特色的花纹图案，其实也是在保持其整体风格的同时，不断地发生着一些细微的变化：鸟纹的变化首先是形象上，其次是组合上；折线纹的变化主要是组合。最初的鸟纹出现在夹砂瓮和夹砂碗上，都是长条形三角纹，前者尖端向上，后者相反；鸟纹之间经常使用点线分隔为几组。典型的鸟纹出现在夹砂瓮上，是一种形象的鸟纹，或为粗扁的鸟身上伸出细长的脖颈，或为大三角形折尖做鸟兽，下边伸出几道做羽毛，都可一眼看出表现的是鸟的形象。之后鸟纹开始简化，多是折尖的细长三角形。最晚的鸟纹有了分化,一种是简单的细长三角形,另一种是“之”字形折尖的三角形，共同点是均为 2—5 个不等的成组出现。相比起来，折线纹因为图案太简单，所以本身无法有很多的改变，因此时间上的差异就表现在组合上，最初的折线纹往往从颈部开始直到底部，通身密密麻麻，之后逐步减少，位置向中间退缩，集中在最大径以上的肩腹部，最后经常就是潦草地绘上两三道折线纹了。

宗日式陶器作为一个群体，种类齐全，特征鲜明，演化过程清晰，是一个独立的文化存在。

柒

遗存是人们活动的物质遗留，所以遗存背后体现的就是人们的活动，而陶器也能够反映使用陶器的人群。据考古学家研究，宗日遗存是马家窑类型时期东部农业文化向西发展的结果，是转为农业定居的先民为主体的人群的物质遗留。宗日的先民在马家窑类型彩陶的影响下，开始自己制造陶器时，定会按照自己的意图表现他们的观念意识，随着制陶技术的不断成熟，形成了已经脱离马家窑文化而自成一体的宗日式陶器。这是不同区域文化相互交流影响的结果，更是宗日先民按照自己的思想意识创新的结果。

宗日遗址中最常见的具有地方特色的新的文化因素，与甘青地区其他已知的新石器时代同类遗物具有明显的差异。考古学家认定，以宗日遗址为代表的这种文化遗存具有一定地域性，存在于一定时期，有着自己独特器物群的新的考古学文化。

宗日文化类型的确定，为进一步研究青海本土文化提供了可靠的依据。宗日文化的独特属性极大地丰富了黄河上游地区远古文化的面貌，填补了青海地区新石器时代考古的一大空白。为我们认识青海远古部族的特征提供了极具价值的资料，对研究高原早期民族的起源、交流，社会的发展有着极其重要的意义，它的发现从一个侧面反映了包括同德县在内的高原腹地在远古时代就是中华文明的发祥地之一。

青海史前文化历史悠久，文化类型多样，蕴含着丰富的精神内涵。正如裴文中先生所言：“彩陶发达的中心无疑是在黄河流域，西起青海，东迄河南，青海史前文化与中原文化有一脉相通之处，其为中国文化的孕育地，当无疑问也。”纵观青海史前文化在黄河流域古文明中的地位，毫无疑问，黄河上游的青海就是中华文明的发祥地之一，青海史前文化是构成黄河文明的重要组成部分。

夹砂彩陶碗（人面刻划纹）

庙沟敌台（大通） 杨金花 / 摄

青海边墙
世界屋脊上的
明长城

长城并不是一段破败的、冰冷的墙，看着一段城墙、一座烽火台，就有和古人对话、和建筑者对话的感觉，给人以深深的触动和吸引。

壹

1368 年，明朝建立之后，元朝的残余势力退回北方草原旧地，但仍保存有一定的军事力量，不断南下骚扰掠夺，长期与明王朝对峙。明代置边防重心于北方，设立“九边”以防蒙古，而西北边卫因其处于“南捍诸蕃，北拒蒙古”的特定地理位置，在军政建制上大都设立管军管民的卫所。明代的西宁系西北边卫中重要的一卫，从明代建制沿革的变化，改元代的西宁州置西宁卫，即反映出这个时代的特点。

西宁卫建制于洪武六年（1373 年）正月，宣德五年（1430 年）升为军民指挥使司，正式成为具有兼理地方民政职能的军政合一的机构。明代西宁卫下辖中、前、后、左、右及中左六个千户所。洪武八年，在青海西部地区陆续设置“塞外四卫”，即安定、阿端、曲先、罕东四卫，亦由西宁卫兼辖。西宁卫作为兼司地方行政的机构，其下有编户四里，即巴州、红崖、老鸦、三川。对周围藏族各部（明代统称“西宁十三族”）也行监督权，各部落僧俗头目“每月赴卫听受约束”。

元树尔敌台（大通） 范永宁 / 摄

西宁位于湟水之中，是青藏高原和河湟地区的中心城市，是东连中原、沟通南北、西通西域“丝绸之路南道”的必经之地。扼东西交通之要，由中原赴西藏的门户，唐蕃大道上的重镇。西宁之名源于北宋，1104 年，北宋改鄯州为西宁州，意在希望西方安宁。西宁之名相沿至今，已有 900 多年历史。数百年来，西宁始终是河湟地区的中心，也是河湟地区极为重要的军事重地和交通枢纽，故历史上长期被视为西陲重镇。

自明武宗正德以后数十年，先后有多股居住在土默特川的东蒙古部落，成批迁徙到青海湖周围地区。此后，边陲不安，西宁不宁。明正德四年（1509 年），因内部矛盾，蒙古亦不剌、卜儿孩部率部西进，占据青海湖地区。之后，东蒙古首领俺答率丙兔、火落赤等部落先后入据，因他们有的在内争中失败，为求生存空间，有的也为寻求新的牧场，扩展领地，驻牧西海。他们不但抢掠原在此地驻牧的藏族部落，使“诸蕃逃亡，遂据有此地”，而且互相攻伐，西海多事，使青海湖地区陷入一片战火之中，并与明朝边卫数次发生军事冲突，导致边陲不宁。这就是青海历史上长达数十年的西海蒙古边患。从 1512 年进攻西宁北川起，到 1541 年进攻碾伯，在长达三十年的岁月里，西宁南、北、西三川战火不息。明王朝驻西宁卫的总指挥、总兵等武官先后战死，一时间“西海蒙古”成为明代西部边防大患，西北防卫也成了明王朝的重中之重，加强西宁卫的防御措施成了当务之急。为了加强西北边疆防务，明朝廷采纳了总制延绥、宁夏、甘肃三镇军务杨一清的建议，下令修筑边墙，构筑烽燧，“以备夷骑”。

为防御“西海蒙古”，加强西宁卫的防务，明代大兴土木，除在青海境内修筑边墙、闇门外，还大力修缮西宁、碾伯、镇海等城池，或新筑，或重修。修建长城就成了抵御西海蒙古、保境安民的有效手段，青海境内的明长城即是在此历史背景之下，在民族矛盾比较尖锐的历史时期产生的。

青海境内走向呈拱形的明代长城主线，即文献记载中的边墙。在《西宁府新志》舆图上，标绘出的西宁周边的边墙基本上是围绕着明代西宁卫城的，从北、西、南三面构成拱卫形状，后来组织开展的青海明长城的调查结果，其主线走向基本与文献吻合。

据《西宁志》《西宁府新志》记载，青海境内边墙与边壕的修建，始于明世宗嘉靖二十五年（1546 年），由西宁兵备副使王继芳、周京等负责修筑，至明神宗万历二十四年（1596 年），西宁兵备副使刘敏宽、副将达云、同知龙膺、通判高第进行修缮和增筑完工，历时五十年之久。

青海境内明长城主线东端从海东市乐都区芦花乡转化湾村起点，其东与甘肃省永登县河桥镇边墙岭壕堑相接，向东延伸与明长城主干线相汇合。青海境内与甘肃相接的长城，应属我国明长城主线的支线之一。甘肃明长城主线分出一条烽燧线向西南延伸至永登县河桥镇边墙岭壕堑，由此开始，以壕堑形式折向西北延伸与横跨甘青两省的转化湾村壕堑东段相接进入青海海东市乐都区境内。

娘娘山山险（大通） 杨金花 / 摄

由此可见，就我国明长城整体而言，分布在青海省境内的这条长城线路，应属明代万里长城，东起辽宁丹东虎山、西达甘肃嘉峪关中的支线之一。毫无疑问，它是我国明长城的重要组成部分。

青海境内的长城本体，全线系由墙体（即文献中记载的“边墙”）及壕堑（即文献中记载的“边壕”）两大类组成，长达 331.8 公里。

墙体类别有夯土墙、石墙、山险墙、山险、河险之分，建筑方式因地制宜，灵活多样。在这条长城线上，逢黄土结构的河谷地和低山丘陵地的山脊，就地取用黄土，采用版筑法，根据防御需要筑起高低不一的夯土墙体。在一些需要重点防御的地点，在土墙墙体外侧

海马沟壕堑（湟中） 杨金花 / 摄

又挖掘有壕沟，史书称“随墙壕”，构成双重防卫设施；个别地段还在内侧局部挖掘壕堑，与墙体、随墙壕共同组成三重防卫设施。局部线段土墙的墙体之上筑有敌台。在地质结构以岩石为主的山脊及峡谷处，则原地选用大小不等的石块垒筑石墙；遇平缓的山体，处于防敌的军事需要，在山体一侧，依山体人为铲削出陡峭的断壁，形成山险墙，即文献中记载的“斩山崖”。在山体特别险峻的地方，直接利用悬崖峭壁，依山险制敌，在有河道的地方，直接利用波涛汹涌的河水作为天然屏障拒挡敌侵。

壕堑，即在山腰或地上挖掘的深沟。大多修建在黄土结构较为陡峭的中山山地处，依山势挖掘而成，沿山梁或山腰从高处向下削挖，形成一定角度的陡壁及一定宽度的平台后，再向下挖掘深沟，土堆低处的一侧为垄，构成壕堑，壕堑剖面略呈“L”形；在少数平缓地带与墙体相接的壕堑，其挖掘方式为从地上向下掘土成沟，土堆两侧为垄，壕堑剖面略呈“U”形。

贰

青海省境内的长城主线由东向西蜿蜒穿越乐都、互助、大通、湟中及湟源五个县区，各县区内长城线段又各有特点。

乐都境内的长城主要位于湟水北岸，长城东端起自芦花乡转化湾村的小岭梁子山脊，止于互助县和乐都区交界处的松花顶。长城地处湟水北岸中山地带，以黄土地貌为主。青海东部黄土地貌类型的特点相对典型，黄土梁、峁、沟谷等均有分布，海拔在2100—2643米之间，河谷切断深度大，高差悬殊，坡面陡峭。黄土梁面破坏呈狭窄起伏较大的峁状，沟间形成狭长的梁峁地形。梁、峁走向近南北向，长城走向总体为东西向，必须忽上忽下蜿蜒横跨在南北向的地形之间。在此坡度起伏落差较大的梁、峁地形之上，显然不宜夯筑土墙，开挖壕堑是省时省力的最佳军事防御工程。因此乐都境内的长城虽由墙体和壕堑构成，但壕堑仍是长城本体的主体。

乐都境内的长城本体土墙仅有两段，即仓岭沟村长城和仓家峡长城。两段夯筑土墙均地处沟谷地带，分别位于土官沟及引胜沟沟谷，设防在南北走向通行较窄的仓家峡峡口或仓岭沟沟口附近。所不同的是仓岭沟长城两端承接的为沟谷两侧的壕堑；而仓家峡长城两端承接的为沟谷两侧的石山山险，北面与黑山顶长城相接，南面与松花顶长城相连。夯土墙与壕堑或山险相连，共同组成一道完整而又严密的防御体系。

下脖项随堡壕堑（湟源） 杨金花/摄

墙体是以地面上修筑的夯土墙、垒起的石墙防敌，或斩山设防，或以险要的山险阻敌；壕堑则以深阔的壕沟御敌。青海境内的长城主线，系以不同类别的墙体与壕堑组合，相互连接成一体，共同构成一道长城防御体系，以达到军事防御的目的。这一特点，既呈现出青海省境内长城军事防御的特点，也呈现出青海明长城建筑方式的地方特点。

壕堑以深沟制敌，以壕堑代替土墙是青海省境内明长城设计者从实际出发、因地制宜的创造性成果。

水洞村 2 号敌台（互助） 官春明 / 摄

碾伯古城（乐都） 杨金花／摄

城背后 1 号、2 号堡（乐都）官春明 / 摄

山险也有两段，即黑山顶长城和松花顶长城。两段山险海拔2498—4057 米，山崖陡峭，利用了常人难以穿行期间的自然山岩为天然屏障，直接以自然天险御敌。在山险间又或与壕堑或与墙体相互衔接，共同构成防御体系。

在乐都境内长城本体中壕堑共有 28 段，境内长城分布区域的地形地貌，决定了长城本体结构形式采用以壕堑为主体结构这一特点。

孟家湾壕堑（乐都） 杨金花 / 摄

长城主线进入互助县境内，地处湟水谷地，所在区域地形地貌类型以中山山地为主，大多介于低山丘陵地带与中山山地地带之间，常见低山缓坡，而山险一般位于中山、高山地带，海拔较高，崇山峻岭，地形险要。为此，长城本体在此区域以墙体为主体，在土墙、山险墙、山险三种类别中又以土墙为主要结构。壕堑有三段，在不同的地理环境中连接墙体——山险、山险墙或土墙，共同构成防御工程。

互助县境内长城分布区域多为中山地，中山地大部分地表覆盖黄土，土壤黏结性较好。由此区域的地形特点决定了本段长城本体多采用土墙结构。墙体大部分就地取材，利用当地的黄土材料，有的偶夹少量砾石颗粒，建筑方式系在自然基础上先找平，然后自地表向上逐渐分段夯筑而成。

在土墙外侧断断续续有一条与墙体并列而行的形如壕堑的随墙壕，因墙体大多穿村而过，随墙壕在人类活动中破坏较为严重，故时隐时现。从随墙壕与墙体并列而行并相距不远推测，即敌人进攻的一侧分析，随墙壕具有防御制敌的功效，是有意挖掘；此外，随墙壕一词在文献中也有明确的记载，并提到了随墙壕的修建尺寸，由此我们认定，位于墙体外侧的同于壕堑形制的随墙壕，与墙体关系密切，应是为加强防御有意修建，属于墙体外侧的附属防御设施，与墙体并列组合，起双重防御制敌的效果。随墙壕也是青海省境内长城本体防御工程的地方特点之一。

互助县境内山险墙有四段，主要分布在由平川向山险过渡的山坡上，一般选择在山体坡度较大的地段，根据山势的平缓陡峭特征不同，将土坡或石崖进行削挖，削成陡峭的断崖后，底部自然形成一个平台，利用陡峭的断崖御敌。这种修筑方法充分利用了当地的地理条件，建筑形式简单，施工省力省时亦能达到御敌之效。

山险也有四段，分布于北部龙王山，西北部黑墩山、平顶山和扎板山上，山险所经之处属中高山地带，境内高山峻岭、层峦叠嶂，海拔较高，山上到处都是险峰，陡峭无比，人马都很难逾越，由此充分利用了这些自然山体作为天然险阻，达到防敌的目的。

壕堑有三段，均位于互助县境内长城东部，始于林川乡水洞村东北小轱辘山山顶，顺山而下至平川处止。三段壕堑分别和山险、山险墙、土墙相互衔接连为一线。

大通县境内的明长城主线整体呈东西走向，分布在湟水支流北川河东西两岸的中、低山丘陵地带和中山山地上，山体坡缓，起伏高差小，长城蜿蜒穿越在相对平缓的山脊处。全程以北川河为界分为东西两段。各地段依地形地质特点采用了不同结构的长城本体，相互组合衔接为完整的防御体系。

长城冬韵（大通庙沟段） 杨金花 / 摄

明长城之夏（大通庙沟） 杨金花／摄

班沙尔堡闇门（湟中） 杨金花 / 摄

明万历二十三年（1595 年）湟中三捷后（明军先后在甘州甘浚山、西宁南川、西宁西川对西海蒙古实施了军事打击，明军均获全胜，史称“湟中三捷”），西海蒙古势衰。湟中区内从西石峡至娘娘山段长城的修筑年代未有明确记载，可能修筑于万历二十四年。这也是整个青海明长城主线中修筑最晚的一段，由此，西宁卫北部与西南部边墙在这里合拢，连成一片，青海的明代长城主线最终定型。

贵德古城（贵德） 官春明 / 摄

叁

分布在青海境内的长城遗迹除上述环绕于明代西宁卫城的一条主线外，在乐都区、互助县、大通县、湟中区、民和县、化隆县、贵德县和门源县，还有数段墙体及壕堑，各县区的墙体与壕堑彼此不衔接，各自独立。这些墙体与壕堑有的距主线不远，有的与主线并列而行，关系密切，系为加强主线的防御而设置；有的远离主线，与主线毫无关联，居于交通要冲处，为扼守重要关隘而设置。置于不同的地理位置，其防御作用也不相一致。如门源县境内发现有其他墙体两处，即浩门河河谷阶地长城和老虎沟东岔长城。上述两处长城，在《门源回族自治县志》《中国文物地图集·青海分册》中均有简略记述。门源县的明长城修筑主要是为了防范游牧于门源盆地、甘州南山以及今祁连等县境内的游牧部落由此进入西宁卫和庄浪卫近地。门源盆地位于祁连山和达坂山之间，是连接河西走廊和河湟谷地的交通要塞，由此向南翻越达坂山，经今大通县可进入西宁盆地，向东南沿大通河可进入庄浪卫的守地。早在吐谷浑时期，就已经形成了一条主要通道，称为丝绸之路青海道。明代蒙古部落多次侵扰西宁卫、庄浪卫，所行路线极有可能是经此然后沿大通河南下。故其战略地位极为重要，在此设防修筑长城的重要性也就不言而喻。

“因地形，用险制塞”是修筑长城的一条重要经验，秦始皇的时候就已经肯定了它，接着司马迁又把它写入《史记》之中，之后的每一个朝代修筑长城都是按照这一原则进行的。凡是修筑关城隘口都选择在两山峡谷之间，或是河流转折之处，或是平川往来必经之地，这样既能控制险要，又可节约人力和材料，以达“一夫当关，万夫莫开”的效果。修筑城堡或烽火台也是选择在险要之处。

长城的走向根据地形而设计，在地势险要的地方，建造关城来驻守部队。在《西宁府新志》舆图上，每一道河流的转弯，每一道山势的走向，每一个路口的方位，都被标注了出来。

修筑长城的人们不可能在历史的长河中留下他们的名字，而且当时的测绘和勘测是怎么进行的，我们也不得而知。但从这些明代长城留下的遗迹中依然可以窥见当年设计的细节，如果对工程的全局和底细没有深刻的领会，是不会做出这么精准的构想和把握的。几百年后的今天，当我们看到在岁月的风沙中留存的痕迹时，依然被深深地震撼。

长城是一个个普通的建造者智慧与勤劳的结晶，是中华民族生产力和创造力的体现。

老虎口关堡（门源） 杨金花 / 摄

肆

青海明长城单体建筑仅涉及敌台和烽火台。敌台均骑夯土墙体而建，属长城墙体上的建筑设施，文献中称其“随墙墩”。烽火台属长城的附属设施，在空间上虽不与长城墙体相连接，但它们与长城本体构成了完善的军防体系，就军事而言，与长城墙体密切相关。

青海明长城共有敌台 10 座，除上圪瘩敌台位于门源县境内，其余位于互助县与大通县境内的长城主线墙体之上。敌台均修建在要冲之地，位于山顶或低山丘陵处，所居地形的制高点相对较高，视野开阔，周围环境尽收眼底，便于有效观察敌情动态，从而进一步增强了长城墙体的防御功能。

敌台的修建方式，是在原地面自然基础上找平底部基础后夯筑的实心台体。夯筑台体的建筑材料大多就地取土，采用原地的黄褐土、黑灰土等。

在青海明长城调查中，发现烽火台 116 座，分布于民和、乐都、平安、互助、大通、湟中、化隆、贵德等县区和西宁市区。这些烽火台修筑地形通常选择在易于相互瞭望的山顶及高岗处，个别修筑在河谷谷地的耕地中，充分反映出了“烽燧于高山四望险绝处置，无山在平地高过处置”的建造特点。

烽火，也叫烽燧，是古代军情报警的一种措施，即敌人白天侵犯时就燃烟（烽），夜间来犯就点火（燧），以可见的烟气和光亮向各方与上级报警。烽火台在汉代称作烽堠（烽候）、亭燧，唐宋称作烽台，并把“烽燧”一词也引申为烽火台，明代则一般称作烟墩或墩台（西北明代墩台，大的还有御敌之功能，小的则只有望而无点烽火之功能）。烽火台一般相距 10 里左右，明代也有距离 5 里左右的，守台士兵发现敌人来犯时，立即于台上燃起烽火，邻台见到后依样随之，这样敌情便可迅速传递到军事中枢部门。

在明代，由于火器用于兵防，烽燧报警信号的定制又在前代基础上增加了放炮。明成化二年（1466 年）有法规定：敌百人左右举放一烽一炮，五百人二烽二炮，千人以上三烽三炮，五千人以上四烽四炮，万人以上五烽五炮。与传统的讯息传递方式相比，烽炮发出火光、烟雾和强烈的爆炸声，使军情传递得更快更准确。

烽火台与长城本体的布局，各地不尽相同，多数置于长城内侧，少数布于长城外侧，只有部分紧邻长城本体，大多烽火台是在长城以外并向远处伸展，主要矗立在交通要道两侧、峡榨、闇门及关堡附近。烽火台的布局有的由数座组成，烽燧线呈线状分布，走向大致按东西、南北向分布，比较清晰；也有的是点状布局，虽不成一定走向，但都可彼此联系。

毛家寨敌台（大通） 官春明 / 摄

烽燧的选址主要基于视觉因素的影响，为了获得良好视域，尽可能扩大其覆盖范围，烽燧通常建在易于相互瞭望的高岗及道路转折处，地势平坦、起伏很小的地段也有利于烽燧的选建。烽燧自古素有“十里一大墩，五里一小墩”之说，但事实上，烽燧并不拘泥于固定的里数，而是根据当地地形和敌情而建。地形复杂、位置重要的地方也适当缩短烽燧的距离，确保讯息传递的安全畅通。

分布在湟水流域的乐都湟水北岸的东西烽燧线及由平安经乐都抵民和达黄河北岸的湟水南岸烽燧线，均沿古道而行。这几条古道也是明代重要的驿路，其驿路都连接着通向远方的古道，把西宁与中原和边疆联结到一个巨大的交通网上。烽燧沿着其交通古道及驿站布置修筑，其功能应属驿路烽燧，其作用显然是保护通信及商旅往来。

军事烽燧，有的随长城墙体而行，有的建于重要的防守通道处。如大通县黑林河谷、互助县沙塘川河谷，都是西海蒙古进入西宁卫的重要通道。沿其河谷而布置的烽燧线，应属军事防御所需。

烽燧沿着湟水河谷连点成线，连线成网，彼此呼应。伫立在岁月风沙中的烽燧是湟水河谷商贸通道的地标，它们不仅是军事设施，也是保护商队的安全岛，补充给养的驿站。如今历经几百年日升日落，目睹过烽烟战火，也聆听过商队驼铃的古老烽燧，像是一部别样的史册，记录了湟水河谷的变迁以及政治经济格局的风云变幻。

烽火台占据了每一座峰峦的制高点，很难想象在缺乏现代测量技术的400多年前，这些烽火台的建造者是如何精确掌握地形和地势的优势，使得它们首尾呼应，一望无际，形成一道通达无阻的通信网，一定有着精准的眼光和判断能力。

明代西宁卫为了防御驻牧于环青海湖地区的西海蒙古的侵扰，采取了一系列防御措施，除了修筑长城外，在山口关隘或挑壕筑墙，或修设峡榨，以防边患，要冲之处筑堡寨，驻兵防守。在穿越河谷的地段，要么以沟堑代替墙壁，要么在河谷一侧建造一段平行的墙壁，在长城穿越山谷要道的地方，往往在深入山谷的陡立峡谷中，修筑峡榨，切断山路。长城防御体系的形成，经历了不断完善的过程，最终形成了长城、关堡、闇门、峡榨与烽火台组成的戍防体系。以当时的生产条件和恶劣的施工环境，不能不说是古代建筑史上的一个奇迹。在风沙侵蚀的山顶上，留存的夯土长城依然蔚为壮观。数百年后，这些断断续续的土埂和隐约可见的壕沟依然令人震惊。

伍

长城墙体是防敌的主体，为了进一步增强长城墙体的防御功能，墙体之外还有一些附加设施，关即是修筑在长城墙体上的建筑设施之一。在长城的防守重点、交通要冲处，为便于控制交通往来，防止敌人入侵，墙体上不仅设城门，还建起能驻军、具有军防设施的城堡，此处城堡即被称作关或关城。堡，虽也属长城的附属设施，但不在长城墙体上，与墙体相分离。

在青海省境内明长城本体墙体上共建有 4 座关，分布在长城主线上的有 3 座，分别位于大通县下庙沟长城、湟中区上营长城、湟源县下脖项长城，另一座位于门源县境内的上疙瘩长城。下庙沟关位于大通县长城主线上的“西闇门”西侧，“西闇门”是明代西宁卫通往西海及甘州地区的重要通道。上营关位于湟中区甘河滩镇上营村，是由南川经甘河滩至西川、经石灰沟至西宁的必经之路。下脖项关位于湟源县东峡乡下脖项村，地处有“海藏咽喉”之称的西石峡东口，是由西宁向西经柴达木盆地至西藏的交通要道。门源县境内的老虎口关位于北山乡老虎口半山腰的山坡上。此关南与上疙瘩长城墙体相接，东侧是一条由门源通往甘肃永昌的古道，老虎沟口关即扼守在此交通要冲处。

以上四座关，修建择址有两种特点，一种设于交通要冲的山腰处，如大通县的下庙沟关、湟源县的下脖项关、门源县的老虎沟口关；一种设在平地要冲之地，如湟中区的上营关。建筑用材及方式，采用了黄土夯筑或毛石垒砌。

据《西宁卫志》《西宁志》等文献记载，在长城沿线或与长城沿线有紧密关联的县市，分布有大量的堡寨。在长城资源调查中，对其区域内平面格局保存相对较为完整的城堡，或城堡已甚残，平面格局不清，但城堡的历史沿革清楚、地理及战略位置相对重要的堡寨进行了调查，这批城堡大多修筑在河谷阶地的平地上，少数建于山谷的山腰或山顶处，建筑面积大小不等。位于山谷中依山而建的堡均为级别低、规模小的军堡；地处平川中的城堡，其功用复杂，以大小及级别高低不等的军事城堡为主，有卫县城、土司衙门、牧马苑及民堡等。各类城堡有的接近长城，或距长城不远；除少数位于长城墙体外侧，大多都在长城墙体内侧，均与长城本体有着密切的联系，是长城防御体系重要的组成部分。

明代兵制，京师建五军都督府统领军事。各行省设都指挥司，统率其下卫所番汉诸军，一郡者设所，连郡者设卫。一般每卫辖五个千户所，每千户所辖十个百户所。边卫战略地位重要的，一卫所辖可超过五个千户所。如河州卫辖八个千户所，归德所为其一；西宁卫辖六个千户所（五个在西宁卫城中，一个在碾伯城）。而且，在行政建置上实施以卫所兼管民政的体制，使诸多军事单位成为军政兼统的行政地理单位。

据《西宁志》“兵防志”记载，西宁卫东起今民和县，西至今湟源县湟水两岸，原领“堡寨”99 座，这些堡一般建筑在险关要隘、交通枢纽之地，作为军事据点，是明代西宁卫防御体系中的重要一环。自隆庆至万历时，又增置 141 座，共计 240 座堡寨，其中乐都约有堡寨 50 处。

元树尔敌台（大通） 官春明 / 摄

根据功能，堡寨可分为四种类型：一是驻扎骑兵马营性质的堡。如联星堡、迭尔沟堡、孟家湾堡；二是建在重要通道的峡榨。如碾木沟堡、碾线沟堡、寺磨庄 1 号堡、寺磨庄 2 号堡；三是修建在交通要道中心区域的军堡。如碾伯古城、老鸦古城、城背后 1 号堡、城背后 2 号堡、那家庄堡、袁家庄堡；四是当地的土司驻地或衙门所在地。如脑庄堡、上衙门堡、祁家堡。

堡寨作为长城防御体系中重要的组成部分，在管辖附近的长城和烽火台，执行长城沿线的军务防守任务及保境安民方面，起到了积极的作用。堡寨的修建须合乎兵书上规定的具有据险、瞭望、传递军情的地形要求，因此要择其地形，因地制宜而建。

脑庄堡修建在水磨沟壕堑外侧（北侧）且远离本体，其东邻县境内北路古道，即从甘肃永登县向西南出大沙沟从马莲滩大通河西上牛站大坡，经芦花寺、马营古城，南下白崖子岭至白崖子西上。其南侧为地势开阔的下水磨沟沟谷沟口，此处地势平坦，为湟水谷地重要的战略要冲之地，故在此设下水磨沟峡榨添兵防御，以加大此处的防御力量，同时还在此峡榨的北侧即长城的外侧修建了脑庄堡和寺磨庄 1 号堡，这两座堡均属长城外侧防御的设施。为方便传递信息、狙击来犯者，又在其东侧和东北侧修筑墩湾烽火台和胜利村烽火台，长城内侧修建了寺磨庄 2 号堡和店子村 1 号、2 号烽火台和白崖坪烽火台，以遇有敌情能遥相呼应，确保迅速、及时地传递军情。因此该堡的修建是以长城即水磨沟壕堑为核心，巧妙利用了当地地形，又充分考虑了自身防御，内外兼顾修建了一系列城堡及烽火台等，从而构成一套完整而又严密的军事防御体系。还有一些不成走向、独立扼守在峡榨及闇门附近的烽火台，均属军事烽燧。在乐都也有分布，如碾线岭烽火台，西南侧筑有碾线沟峡榨；扎门村烽火台筑于卯寨沟峡榨的西侧；仓岭沟村 1 号烽火台东侧有羊官沟峡榨，西部有土官沟峡榨，该烽火台即建于两处峡榨之中。由此可见，在以西宁卫为中心的防御体系建设中，其右千户所碾伯始终是重要的组成部分。

陆

古代除了用烽燧以烟火传递军事信息外，另外一种通信方式是派人（信使）投递官府文书及相关信息，称作驿传。西宁对外交通联络主要靠陆路，自汉代以来就设有驿站，历代相沿。明制，陆路设马驿，专为公差往来、递送使客、飞报军情服务。明代西宁卫下设有 7 马驿，初期在西宁卫城及老鸦设有 2 驿，后又增置平戎驿（今平安）、嘉顺驿（碾伯城）、冰沟驿、巴州驿、古鄯驿。

军堡与卫、所、驿城不同，是以军事防御为主的设施。屯军的城堡或营地属于军城或军堡。驻军的城堡建置规模要明显小于卫、所、驿城。军城或营地修建选址出于军事之需，依山形而建，靠近长城，或距长城不远，或筑丁扼守的关隘及要冲之地附近。

西宁卫属边卫，因是少数民族交错杂居、互争雄长之地，故在此推行土司制度、茶马互市、尊崇宗教等政策，是明朝经略西宁卫的重要方略。土司制度兴起于元，成熟于明。明代青海境内的世袭土司，主要设于青海东部的河湟地区，在今海北藏族自治州西部和柴达木地区设“塞外四卫”，分领牧业区藏蒙各族。明时，西宁卫土司十五家，主要分布在西宁周边，互助、乐都、民和、湟中等地。

马为重要的骑乘工具，是征战、骑射、驿传不可缺乏的重要战备资源。因此，养马、征马是历代王朝的大政之一。明代将养马作为一项长期国策，与茶马互市同为解决战马所需采取的两项基本国策。明代初年，在今民和、乐都、互助和西宁市的优良农耕区广设牧马苑监。永乐年间，西宁卫有四监十六苑。当时上苑牧万匹，中苑七千，下苑四千。大通苑堡，经分析属甘肃苑马寺祁连监下辖四苑中的大通苑。

民屯堡寨，也叫“村堡”，起初是村民为防匪患及抵御侵扰，自行募捐修建的自卫性堡垒。随着堡寨数量增多，在历次外敌入侵的过程中其重要性日益凸显，于是官方有意识地将其组织起来，纳入由长城本体、军堡、烽火台、峡榨、闇门等组成的防御系统中，至今仍有许多以“堡”“寨”命名的村镇。

柒

据《西宁府新志》记载，在环绕西宁卫修筑的边墙上还建有 19 座闇门，结合文献名称和里距等分析推测，有两处闇门可能从东向西排列在大通县境内的土墙上，如东闇门开于老营庄长城段，西闇门开于下庙沟长城段，这两处闇门今已无存，但是其所在位置依然是当下村民出入的主要通道。

另有两处闇门在互助县境内，如西石峡闇门位于南门峡榨门长城墙体上，柏木峡闇门位于龙王山长城墙体上。还有 14 座闇门从南向北排列在湟中区境内的长城墙体上。

西宁古城　杨金花 / 摄

闇门也称暗门，是指在长城沿线一些重要的通道处所开的方便之门。闇门的建筑结构因所处地理位置的不同而有所不同。位于交通要道处的闇门,如上营城(大班沙儿闇门)，门洞较宽，建筑均较为规整，有些门洞上还建有门楼等，其旁边另设有守护闇门的关城。

峡榨是明代西宁卫为防环青海湖地区西海蒙古的侵扰攻掠而在各交通要道设置的军事设施，用来阻敌侵扰、查察行旅，与边墙、闇门、堡寨、烽燧等共同构成一个网络式的防御系统，是当时西宁卫防御西海蒙古的第一道防线。

西宁周围群山环抱，其与外部的联系多是通过较大的沟谷实现的。峡榨大多位于西宁四周的沟谷之内，一般设在沟口或沟谷内较为狭窄的地方。

在《西宁卫志》中，对西宁卫周边各峡榨的方向、位置以及距西宁卫城及相关重要堡寨的里距、根据敌情戍边出防的路线、阻敌防御应变措施等，都一一有详细的记载，并有多处在述及峡榨中同时提及闇门。

这些记载直观地反映出，闇门与峡榨关系密切，峡榨属防御体系中的首道防线，长城本体及闇门则为第二道防线，两者均具有重要的防御作用。闇门所处的地形极为重要，既为出兵的重要通道，也占有聚兵伏敌的有利地形。

明代西宁卫的边墙与闇门、峡榨、堡寨、烽燧等共同组成一个网络式的系统，并采用了兵民联防共同抗敌的防御措施。一旦遇敌侵扰，烽火台立即报警，当地百姓首先进行防御，随后酌情集中各地优势兵力前往夹击。其兵力配备遵循集中、分散相结合的原则，较好地解决了防线漫长与兵力相对不足的矛盾。

闇门与峡榨作为当时西宁卫整体防御系统中的一环，在遏敌侵扰中发挥了巨大作用，但随着历史的变迁，这些曾经的军事设施已失去其原有功用，而更多体现着中华民族的精神文明。

捌

长城是世界古代史上最伟大的军事防御工程，它并非简单孤立的一线城墙，而是由点到线、由线到面，把长城沿线的隘口、军堡、关城和军事重镇连接成一张严密的网，形成一个完整的防御体系。军堡、关城和军事重镇这个体系具有战斗、指挥、观察、通信、隐蔽等多种功能，并配置有长驻军队的点线结合防御工程整体。修筑长城，是针对西北边地实情所采取的积极措施，既是一种积极防御，又是积蓄力量、继续进取的谋略。在冷兵器时代，长城防御体系的军事作用是卓有成效的。

长城的主体工程大都建立在山岭最高处，沿着山脊将蜿蜒无尽的山势，勾画出清晰的轮廓，使高低起伏的地形更显得雄奇险峻。

长城独特的魅力，吸引越来越多的人，加入探索的行列之中。人们在追寻着古老长城遗迹的建筑之美，同时，也在追寻着长城内外民族融合的那段古老历史。

19 世纪 60 年代，照相技术发明之初，长城就开始进入摄影师的视野。斯坦因、莫里循、盖洛这些 20 世纪上半叶来到中国的探险者和旅行者，无不将手中的相机对准我国长城这一令人惊叹的建筑。1908 年，盖洛从山海关起步，花了 5 个月时间走到嘉峪关，成为全程走完长城主干线的第一位外国人。在这次旅程中，盖洛拍摄了上百张长城的照片，也正是这些西方摄影师的介绍，使得长城为世人所熟知。

建立在 14 世纪的明王朝是中国历史上修筑长城的巅峰时代。明代长城西起今天的甘肃省嘉峪关市东达鸭绿江畔，全长 8800 千米，是古代留存下来的最坚固最完整最雄伟的长城。而作为长城支线的青海边墙，在很长时间里，并不为更多人所知。

青海明长城是目前世界上海拔最高的明代长城遗存，它曾见证了西部边地历史的盛衰变迁，穿越了时空的沧海桑田，而今在经历了几百年的风雨冲蚀后，依然屹立于高山之上、群山峻岭之巅。

值得一提的是，美国的探险家盖洛，对中国历史文化有着浓厚的兴趣。1903 年，盖洛来到中国，他从上海乘船逆流而上，考察长江流域的人文地理，写下了《扬子江上的美国人》（1904 年出版）一书，受到西方读者的欢迎。随着在中国的深入，蜿蜒万里、横跨千年的中国长城引起了他的关注，他开始了长城之旅。从山海关一直走到青海境内，他记录下了有关长城的种种传说和风土人情，最终完成了《中国长城》（1909 年出版）一书。

蜿蜒多姿明长城　官春明 / 摄

如今的大通县桥头镇闇门滩村的南山或新城乡庙沟村的北山上犹如巨龙般蜿蜒在群山叠峦之上的“边墙”，曾被盖洛认为是中国长城的最西段，他沉浸在自己的发现和考证带来的欢乐中，并且自豪地说：“我们很乐意提醒测绘学家们注意长城的西藏段，也许这可以使我们很自豪地为中国地图增添 200 英里长的长城。”

2019 年 4 月 18 日，国家测绘局与国家文物局联合公布我国明长城的长度为 8851.8 千米，其中，青海省境内的明长城约为 363 千米，是万里长城中最高的一段。

2021 年，青海省文化和旅游厅委托青海省文化旅游摄影协会组织专业摄影团队，赴分布长城遗迹遗存的 12 个县区实地拍摄了 6000 余幅再现青海明长城四季风光的摄影作品。精选其中的 284 幅，编辑出版了《世界屋脊上的长城——青海明长城》画册，首次以艺术视角集中再现青海长城的历史风貌和独特魅力。我有幸参观了以这些摄影作品为主要内容的青海明长城摄影展，看着一幅幅照片，长城的伟大壮观给我一种震撼的感觉。长城并不是一段破败的、冰冷的墙，看着一段城墙、一座烽火台，就有和古人对话、和建筑者对话的感觉，给人以深深的触动和吸引。

玖

今天，当我们重新审视长城所经历的发展历史，终于发现一个古老而深刻的秘密，正是这道伟大的长城，造就了多元一体的中华民族农耕和游牧两大族群的碰撞和融合。长城成为农耕与游牧文明的缓冲地带，最终促进了文明的融合，形成一个巨大的网络把长城内外的各民族联系在一起，形成了中华民族统一体，长城也因此成为中华民族的象征。

中国特殊的地理位置和地形特点所构成的地理环境、气候特点，决定了整个中国大陆古代经济、文化大致分为东西两大区的天然布局，构成中国大陆古代农、牧两大经济、文化类型。长城就坐落在这两个经济、文化腹心的自然交汇处，它是一定的经济发展基础的产物。长城既将两种经济、文化隔开，又将两种经济、文化联结在一起。

长城带古代的经济、文化结构与古代民族的构成格局，决定了中国古代农业经济地区与畜牧业经济地区的关系集中表现于长城一线，其农业经济、文化与畜牧业经济、文化的对立统一也沿长城一线展开。与此相适应的中国古代的民族问题也集中于长城一线，表现得异常突出，无论是民族间政治、经济、文化上的联合与交流，还是民族间军事、政治上的斗争，都沿长城一线展开，它对于主体民族的形成与发展，主体民族与长城带各民族的关系，以至整个中华民族的形成与发展都曾起过重要作用。这是由中国古代经济体系一分为二、农业经济与畜牧业经济的对立统一所决定的。

农业和畜牧业是两种截然不同的生产方式，农业需要稳定生产，畜牧业人员却在流动中放牧，两种生产方式各有其不同特点，因而农、牧两大类型的经济、文化，自古就有矛盾的一面。更重要的是农、牧两大经济、文化类型之间存在相互依存、相互需要、相互促进的关系。农业经济既需要畜牧业为自己提供农耕、运输用的畜力和战马、牲畜、皮毛、珍贵药材等畜力和物力，也需要不断向畜牧经济区出卖农副业及手工业产品等，使畜牧业经济地区成为农业经济地区的重要商品市场；而畜牧业经济不仅需要农业经济地区提供粮食、布疋和铁、金、银等各种手工业品，而且也需要出卖自己的皮毛、药材等产品，这样便促使了两种经济的贸易交换沿长城一线不断展开。可见，长城既保证了农业经济、文化与畜牧业经济、文化的正常发展，又为二者的交流和相互补充提供了场所和方便；又起着调解两种经济，使农、牧业经济朝着主辅相互配合的方向发展的重要作用，从这个意义上讲，长城显然不再是民族的分界、地理环境的分野，这道横亘在北方大地上的人工建筑具备了旺盛的生命力，在长城之内的不同民族融合为农耕文明，而长城之外，游牧人的身影从未消失，农耕与游牧的碰撞与融合为灿烂的中华文明注入新的活力，因此，长城又是农、牧经济的汇聚线。

如今，古老长城的烽火台上狼烟不再升起，鼓角争鸣、刀光剑影早已远去。历经了几百年岁月洗礼、见证了人类为避免战争而做出不懈努力的宏伟的明长城，最终成为长城内外民族融合的见证者，鼓舞着中华民族的自豪感、自信心和爱国热情，在人们的心目中升华为民族精神和民族意识。意志、勇气和力量是中华民族的发展历史赋予这一伟大建筑的内涵。

在世界文化遗产的群星中，中国长城是人类最伟大的工程，其建筑规模之恢弘、形制之严整、所经地形之复杂，无不凝聚着劳动人民的聪明智慧和伟大才能。在人类历史文化遗产中具有其独特性和唯一性，堪称世界最雄伟壮观的奇迹之一。青海明长城是我国长城的组成部分，在历经了 400 多年沧桑后的今天，我们所面对的这段古长城就是一段若隐若现的历史，它的遗迹固守着各民族融合发展的历史记忆，虽然漫长的岁月早已将它们的身躯变得残破不堪，但岁月的沧桑丝毫无损于这些城墙无可比拟的历史价值。正如有人总结“长城丰碑不仅铭刻了中华民族大融会大结合的历史事实，而且也是各族人民智慧与血汗的结晶”。

长城雄姿 杨金花 / 摄